前言

易混詞是指由於讀音、字形或意思相近，而在實際使用時經常容易混淆的詞，可以說是學生學習當中的常見病、疑難病。本書彙編了學生易寫錯、混用的字詞，進行釋義、造句和辨析，並配以相關練習，希望學生通過閱讀與練習，學會詞語的正確使用，少寫錯別字，不寫錯別字。

為幫助學生辨別，本書按易混字的特點，分為音近易混字、形近易混字和意近易混字三部分，每一組字詞都並列出正誤寫法：

標有✓號者，是正確的寫法；

標有✗號者，是錯誤的寫法。

兩種書寫形式都標✓號者表示兩種都對，但意思卻各不相同，需要在運用時多加留意。

每組收入的字詞均附有詳細的解說，內容包括釋義、辨析和例句，並配以豐富多樣的練習題，以幫助學生分辨易混字詞，加深印象。

書後附兩份綜合練習及答案，以便學生瞭解自己對易混字詞的掌握情況。

希望通過本書的閱讀與練習，使學生瞭解字的正誤和致誤原因，從根本上避免字詞的混用及出現錯別字，提高正確使用中文的能力。

目錄

音近易混詞

形近易混詞

意近易混詞

音近易混詞

司機 ☑　　師機 ☒

釋義：火車、巴士、電車和地鐵等交通工具上的駕駛員。

辨析：「司機」的「司」，是「操作」、「駕駛」的意思。

「師」指傳授知識或掌握專門技能的人，如：教師、工程師、技師等。也許是由於受到「技師」這個詞的暗示，有些人會把「司機」誤寫為「師機」。

「司」和「師」在粵語裏同音，但在國語裏前者是平舌音，後者是翹舌音，要留意這兩個音的區別。

例句：1. 從3歲起，小明的理想就是長大後當一名巴士司機，今天他終於夢想成真。

2. 有人認為，現在馬路上之所以交通事故頻發，是因為新司機太多。

脾氣 ☑　　皮氣 ☒

釋義：①人的性情；②也指發怒或不好的情緒。

辨析：「脾」是內臟之一。「脾氣」原是指脾臟的疾病，舊時人無知，以為脾氣盛則怒火升，因而「脾氣」有了「發怒情緒」的引申意思。

「皮」是皮膚的「皮」，沒有「皮氣」這樣的詞。

例句：1. 這是他向來的脾氣，倔得很，我們都拗不過他。

2. 你別惹她，她正在發脾氣呢！

寄託 ☑　　記託 ☒

釋義：託付；把理想、希望、感情放在某人或某種事物上。

辨析：「寄」有「託付」的意思，如：寄放、寄存、寄養、寄售等。

「記」是「記錄、記載」的「記」；「寄託」的「寄」寓含有「託付」之意，所以不可以寫成「記託」。

例句：1. 他這人做事一向不踏實，你對他不要寄託任何希望。

2. 單親家庭的媽媽如果遇上休息日加班，就只好把孩子寄託在住在附近屋苑的朋友家裏。

剪綵 ☑　　剪彩 ☒

釋義：公司開張、重要工程建築建成或道路橋樑首次通車的開幕典禮上，邀請政要名人以剪刀剪斷紅綢的儀式。

辨析：「綵」和「彩」同音，但「綵」從「糸」，指彩綢。
「彩」則指彩色，如：七彩、五彩繽紛。
「剪綵」所剪的是彩色綢帶，而不是色彩，所以應該是「綵」而不是「彩」。

例句：1. 社區書店今天開幕，我作為學生代表為開幕儀式剪綵。
2. 那座建築歷經多年，終於在新年前落成，今日舉行了剪綵儀式。

荒廢 ☑　　荒費 ☒

釋義：①土地不耕耘，該種而沒有耕種。②比喻學業荒疏，不利用財物或浪費時間。

辨析：「廢」的本義是「不再使用」；而「費」與節省的「省」的意思相反，如：花費、耗費、浪費等。所以沒有「荒費」這樣的詞。

例句：1. 幾年沒有回鄉下，聽說村裏的田地因為無人耕種都已經荒廢了。
2. 要珍惜年華，不要荒廢時光。

助興 ☑　　助慶 ☒

釋義：幫助增加興致。

辨析：「興」指「興致」，「慶」指「慶祝」。「助興」即是在宴會、聚會等這類場合，有人出來表演節目，以增加會場的歡樂氣氛和與會者的興致。這類即興式的表演目的在於「助興」，與慶祝不慶祝無關。因此。「助興」不應該寫成「助慶」。
在粵語中，「興」與「慶」發音相同，所以有些人經常容易混淆。

例句：1. 石老師唱了一段粵曲為畢業晚會助興。
2. 張小姐從小學習聲樂，是一名小有名氣的業餘女高音歌手，每到年尾新春，她都十分忙碌，各家公司都會邀請她在團年或春茗宴會上高歌一曲助興。

選出適當的字，填在圓圈內。

斯 寄 費 髀 廢 脾 紀 彩 與 採 綵 慶 記 皮

1. 小宇大學四年，幾乎把所有的時間都花在打機上，以致荒〇了學業，面臨無法畢業的局面。

2. 今天因為和姐姐發生的一點爭執，妹妹又在家裏大哭大鬧，媽媽見到嚴肅地對她說：「你這樣亂發〇氣是沒用的，遇到事情要學會用適當的方式去處理，不要以為哭就能解決問題。」

3. 看得出，這部電影之所以賣座，是因為導演把自己的情感〇託在了劇中主人公的身上。

4. 畢業晚會臨近結束時，就見主持人又站到台上，神神秘秘地對台下宣佈：「為給晚會助助〇，現在晚會進入最精彩的環節！抽獎遊戲現在開始！」

5. 眼看新大廈落成典禮即將開始，可剪〇嘉賓還沒有到，把主辦方急得團團轉，聯絡電話打了一個又一個。

朝廷 ☑　　朝庭 ☒

釋義：古代天子、帝王接受朝見或處理政事的地方，也沿用作為中央政府的代稱。

辨析：「廷」與「庭」同音，但意思有很大不同。「廷」專指朝廷，如：宮廷、清廷。而「庭」現在多用於「家庭」、「門庭」、「庭院」、「法庭」等義。兩者不可混用。

例句：1. 時下四方饑饉，盜賊蜂起，朝廷甚為憂慮。

2. 丞相，又稱宰相，為百官之長，是朝廷的最高行政長官，其職責是協助皇帝處理全國政務。

報章 ☑　　報張 ☒

釋義：報紙的總稱。

辨析：「章」指成篇的文字，如：文章、篇章。「報章」的「章」也含有這方面的意思。而「張」是紙的量詞，如：一張紙、紙張。兩者的區別，主要是由於語言表達習慣決定的，長久以來就形成了「報章」這一習慣說法。

例句：1. 圖書館裏的報章雜誌，只可以當場借閱，一般不允許外借。

2. 公司新來的一名同事畢業於生物系，業餘時間擔任報章雜誌的撰稿人，傳播環保新知。

簡陋 ☑　　簡漏 ☒

釋義：形容房屋或設備簡單粗糙。

辨析：「陋」是「不華美、不好看」或「場地狹小」的意思，如：簡陋、醜陋、陋室、陋巷等。「陋」也用來表示行為不文明、不合理以及見識短淺，如：陋習、陋俗、淺陋等。而「漏」的意思卻是：①東西從孔或縫流出或落下。②逃避、逃脫。③遺漏。「簡陋」的「陋」是形容「不華美」，所以不應該寫成「漏」，沒有「簡漏」這樣的詞。

例句：1. 別看那間木屋外觀十分簡陋，屋內的裝修還挺漂亮。

2. 說起田園鄉村大家的第一反應就是荒無人煙的一片開闊地，但其實鄉村並沒有大家想像的那麼簡陋單調。

短促 ☑　　短速 ☒

釋義： 形容時間極短。

辨析： 「促」和「速」在粵語中兩字同音，所以有些人經常把它們搞亂。「促」有「時間緊迫」的意思，如：急促。「短促」不但形容時間短，而且緊迫。而「速」指「速度」，如：高速、低速、快速、慢速等。沒有「短速」這樣的詞。

例句：
1. 雙方談判時間如此短促，沒有達成任何協議是可以理解的。
2. 我跟他只有過短促的接觸，所以談不上有什麼交情。

抄襲 ☑　　抄習 ☒

釋義： ①把別人的作品或語句抄來作為自己的。
②繞到敵軍的側面或後方進行突然襲擊。

辨析： 「襲」和「習」同音，但是意思有很大的不同。「襲」作為動詞，有兩項字義：① 趁人不備，突然攻擊：襲擊、抄襲、襲取。② 照樣做：抄襲、沿襲、襲用、因襲。
「習」有以下幾項解釋：① 溫習：自習、實習。② 經常接觸而熟悉：習見、習聞、習以為常。③ 習慣：惡習、積習難改、相沿成習。
「抄襲」的「襲」有「照搬、照抄」的意思，所以不可以寫成「習」。

例句：
1. 抄襲別人的作品，猶如偷竊別人的東西，都是可恥的行為。
2. 我軍避開敵人正面猛烈的火力，從兩側抄襲。

程度 ☑　　情度 ☒

釋義： ①文化、教育、知識、能力等方面的水平。 ②事物變化達到的程度。

辨析： 「程」原是度量衡的總名，「程度」指的是到達度量衡的某一個水平。而「情」除了解釋為「感情、愛情」之外，還可以解釋為「情形」，如：情境、病情、軍情、災情等。
在粵語中，「程」和「情」發音相同，有些人就把兩個字混淆了。

例句：
1. 他雖然文化程度不高，只讀完中學就出來做事了，但後來靠自己一路進修，終於考出了專業資格證書。
2. 天氣雖然冷，但還沒有到要穿羽絨服的程度。

一. 在圓圈內填上適當的字，完成詞語。

二. 圈出下面段落中的錯別字，並在括號內改正。

1. 唐朝詩人李白年輕時不願像當時一般士人那樣，參加科舉考試取得官位，而是企圖通過隱居山林和廣泛的社會結交來培養聲譽，獲得朝庭賞識。他曾被招到長安（當時的唐都城），參加草擬文件等工作。可惜由於宮庭黑暗，他在長安前後不滿兩年，即被迫辭官離京，這在一定情度上影響了他後半生的命運。

（　　）（　　）（　　）

2. 從報張雜誌上可以看到，轟動全城的黑幫火併案，在經過警方與雙方當事者的短速交手之後，竟然奇跡般地化解了雙方恩怨。這可以說在某種情度上安撫了市民的情緒，恢復了正常的社會治安。

（　　）（　　）（　　）

聯想 ☑　　連想 ☒

釋義：由於某人某事而想起其他相關的人或事物。

「聯」和「連」讀音相同，意思又接近，所以在應用時經常會弄混。

辨析：一般來說，上下的接續用「連」，如：連接、連續、水天相連等。「聯想」原是心理學的名詞，指的是由某一概念而引起相關的概念，這種概念的聯合就叫做「聯想」。兩種概念對等的結合，當然只有寫為「聯想」。

例句：1. 下班時在地鐵上偶遇小學時的同學，看到他，讓我聯想起很多往事。

2. 我們的學校教育如果不能讓學生學會聯想，學會舉一反三，那麼學生學到的就是一堆「死知識」。

建議 ☑　　見議 ☒

釋義：向人提出自己的主張。

辨析：「建」除了有「建設」、「建築」的含義外，還可以解釋為「提出」。「建議」的「建」就含有「提出」的意思。

「見」的意思是「看見」，如：見多識廣、見風使舵、見義勇為、見異思遷。所以沒有「見議」這樣的詞。

例句：1. 在班會上，我建議說，在考試過後組織全班同學搞一次露營活動。

2. 與父母的一位朋友、在大學任教的張教授交流了一番後，我由衷地對他說，這是我至今為止得到的最好的人生建議。

角色 ☑　　角式 ☒

釋義：①影視劇、戲劇中演員扮演的劇中人物。②比喻生活中某種類型的人物。

辨析：「角色」原是古時候戲曲行業裏的行話，本來也寫作「腳色」。這兩個字讀音相同，所以經常有人會混淆兩字的正確寫法。

例句：1. 嘉敏加入劇團後，只扮演過幾個不起眼的角色。

2. 在這一事件中，他扮演了極不光彩的角色。

敲詐 ☑　　　敲榨 ☒

釋義：依仗勢力或用威脅、欺騙手段索取財物等。

辨析：「敲詐」的手段大多靠欺騙，所以其中的「詐」應該是「欺詐」的「詐」。而「榨」的原意是從物體壓出液汁，如：榨油、榨果汁等。「榨取」也可以比喻為殘酷的剝削或搜刮。

從以上辨析中可以看出，「敲詐」的程度輕一些，不是殘酷的搜刮，所以其中的「詐」不宜寫為「榨」。

例句：
1. 鄰居的兒子比同齡人都顯得瘦弱，所以放學時在學校附近經常會被一些壞孩子欺負敲詐。
2. 現在個人信息外洩真是很令人擔心的事情，萬一被不法分子掌握了，可能會發生敲詐勒索的事情。

蔓延 ☑　　　漫延 ☒

釋義：形容不斷地向四面八方擴展。

辨析：「蔓」指「蔓草」，蔓草是向四面八方爬蔓的草，「蔓延」是形容像蔓草一樣不斷地向四面八方擴展。

「漫」卻指「水過滿，向外流」，如：水漫出來。所以「蔓延」不可以寫成「漫延」。

例句：
1. 儘管消防隊員盡力撲救，但火勢仍然向四面蔓延。
2. 不知為何，樓下的垃圾幾天都沒有清走，刺鼻的氣味蔓延，惹來市民投訴不斷。

挫折 ☑　　　錯折 ☒

釋義：事情進行中遇到困難和阻礙。

辨析：「挫」和「錯」同音，但「挫」指失敗、失利，如：挫折、挫傷、挫敗。

而「錯」則是「錯誤」、「交錯」的意思，沒有「錯折」這樣的詞。

例句：
1. 工作中遇到挫折是常有的事，不要擔心。
2. 人生路上沒有一帆風順，當遇見坎坷和挫折的時候，我們需要停下來靜一靜，別讓壓力侵蝕我們的心靈。

部首加法算式

在括號內填上適當的偏旁，並組詞。

例：（巾）＋（曼）＝（幔）（幔帳）

1.（　　）＋（　　）＝（　　）（　　　）

2.（　　）＋（　　）＝（　　）（　　　）

3.（　　）＋（　　）＝（　　）（　　　）

4.（　　）＋（　　）＝（　　）（　　　）

在正確詞語前的方格內加√。

1. 書中的這個（□角色 □角式）讓我（□聯想 □連想）到生活中的一些典型人物，果然藝術是來自生活高於生活！

2. 對於你這次遭遇到的（□錯折 □挫折），我深表同情，不過你也要趕快振作起來，不要被這點小打擊（□挫敗□錯敗）了。

3. 對於這次班級舉行文體比賽，我提出了一些合理化（□見議 □建議）。

4. 明華在這次征文比賽中得了一等獎，獲得了一筆獎金。當我們向他道賀時，他一眼識破了我們的小心思：「你們不要來（□敲詐 □敲榨）我，我獎金還沒到手呢！」

白皙 ☑　　白晰 ☒

釋義：形容膚色白。

辨析：「皙」和「晰」都從「析」音，讀音相同。「皙」從白，形容人的膚色之白。以它組成的雙音詞，只有「白皙」一個。

「晰」則從日，形容清楚、明白。以它構成的雙音詞，常用的有：明晰、清晰。

例句：1. 看她的那雙手，白皙光滑，手指細長靈活。

2. 俗話說一白遮三醜，所以中國人常以膚色白皙為美，其實有些喜歡運動的女孩子雖然膚色不白，卻自有一番健康美。

戲謔 ☑　　戲虐 ☒

釋義：用詼諧有趣的話開玩笑。

辨析：「謔」的本義是開玩笑，「戲」和「謔」詞義相近，所以「戲謔」解釋為「開玩笑」。「謔」和「虐」在粵語裏同音，但「虐」的本義是殘害，顯然不可以寫成「戲虐」。

例句：1. 會議進行到一半時，場內的氣氛有點沉重，這時主持人用戲謔的口吻說了幾句玩笑話，大家的情緒頓時輕鬆了不少。

2. 請注意我以下的發言是非常嚴肅認真的，絕無半點戲謔成分。

結晶品 ☑　　結精品 ☒

釋義：①物質從液態或氣態而形成的晶體。②比喻經過一番辛勞、血汗的珍貴成果。

辨析：凝結的透明體叫做「晶體」，物質從液態或氣態凝成晶體的過程就叫「結晶」，這種結晶的物品就是「結晶品」。

香港一向有不少賣小飾物的精品店，可能受了「精品」的潛意識影響，有些人會把「結晶品」誤寫為「結精品」。

例句：1. 化學實驗課上，老師教同學們將鹽融化，然後按照實驗步驟一步步提煉出了鹽的結晶品。

2. 這本詩集是他多年辛勤寫作的結晶品。

前提 ☑　　　　前題 ☒

釋義：辦一件事必要的條件，也指事情應先注意的部分。

辨析：「前提」是一個外來意譯詞，原是邏輯學的一個術語，指「推理中已知的判斷」，是一個固定的譯法。

「題」作為名詞，指「總目」，如考卷的試題、命題。此外便都與作文有關，如：命題作文、文章題材、文不對題、離題千里等。

「提」在一般人印象中多作動詞，所以「前提」時常被誤寫為「前題」。

例句：

1. 假日我們一家外出郊遊，見到一片野菜地，爸爸指着那些野菜說，別看它們不起眼，但其實可以藥食兩用，前提是你得知道它們有什麼效用。
2. 針對報紙上刊登的一些社會新聞，老師給我們分析說，人在社會中生活，應以不損害社會利益為前提。

重複 ☑　　　　重覆 ☒

釋義：①相同的東西又一次出現。②又一次做相同的事情。

辨析：「複、覆」同音，在詞義上，有不可混用的、也有可通用的，具體見下表：

複	覆
① 指再一次：如：重複、複製。	① 蓋住，如：覆蓋。
② 形容繁多，如：複雜、繁複。	② 翻個底朝天，如：覆舟、天翻地覆、覆巢之下無完人。
	③ 比喻滅亡：覆沒、覆亡、覆滅。
④ 轉過來或轉過去，如：反覆、反覆無常、翻來覆去。	
⑤ 回答：答覆、覆信。	

註：以上④⑤項，與「複」通用。

從上表可以看出，「覆」的幾項意義，沒有一項是適合「重複」的。

例句：

1. 這一句的意思與上一句重複，最好把它刪去。
2. 祖母年紀大了記性很差，昨天跟她說過的事情又不記得了，我只好把話又重複了一遍。

巧填「複」、「覆」字詞語。

A.	重			
B.		蓋		
C.		製		
D.	答			
E.		雜		
F.	天	翻	地	
G.	翻	來		去

選出正確的答案，填在句子中的橫線上。

1. 我妹妹很調皮，但長得很漂亮，白 ______ (晰 皙) 的皮膚襯着那精緻的五官，宛如一位可愛的小精靈。

2. 舅母剛生了一個可愛的小嬰兒，舅舅看着孩子，幸福地對舅母說：「這是我們愛的結 ______ (精 晶) 品」。

3. 鄰居張伯伯喜歡與小孩子開玩笑，一天放學回家時他看到我背着個大書包，就戲 ______ (謔 虐) 地說：「我們樓裏的狀元郎回家啦！」

4. 寫好作文的前 ______ (提 題) 是大量閱讀，沒有閱讀也就無法談起寫作。「閱讀和寫作是兩兄弟」，而且「閱讀是寫作的哥哥」。

偶爾 ☑ 偶而 ☒

釋義：偶然。

辨析：「爾」是一個文言詞，最常見的詞義是：①「你」，如：爾虞我詐。②「如此」，如：不過爾爾。③ 還可當形容詞後綴，相當於「然」（在句中多作狀語），如：偶爾、莞爾。

「而」常作連詞，如：分而治之、來而不往、匆匆而來、挺身而出。「而」偶爾也可以作語氣助詞，沒有具體意義，如：繼而。

「偶爾」的「爾」和「然」同義，是形容詞的後綴；「而」沒有這樣的功能，所以不可以把「偶爾」寫成「偶而」。

例句：
1. 他常常寫小說，偶爾也寫寫詩。
2. 我上學通常是搭小巴出屋苑，然後轉地鐵。遇上天氣好，我偶爾也會提早一些時間出家門，步行去地鐵站。

漱口水 ☑ 嗽口水 ☒

釋義：含在口裏使口腔清潔的藥水。

辨析：在粵語中，「漱」、「嗽」同音，但兩字的意思完全不同。「漱」的意思是「含水洗口腔」，而「嗽」是「咳嗽」的「嗽」。所以不可混用。

例句：
1. 用這種新牌子的漱口水漱口，不但可以保持口腔清潔，而且能辟口臭。
2. 我去野營前，爸爸特地去超市買來了漱口水讓我帶上，說萬一野營地洗漱不便，用漱口水方便一些。

復原 ☑ 復完 ☒

釋義：①病後恢復健康。②恢復原狀。

辨析：「原」指「原來的、本來的」，如：原作、原文、原班人馬。「復原」即是恢復原來的情況。「完」是「完全、完整、完滿」的「完」，沒有「復完」這樣的詞。這兩個字在粵語中同音，比較容易引起混淆。

例句：
1. 媽媽的病是好了，但要完全復原，恐怕還需要一段時間。
2. 這座在戰爭中遭到嚴重破壞的城市，已經完全復原。

自卑感 ☑　　　自悲感 ☒

釋義：輕視自己，總認為自己比不上別人。

辨析：「卑」有兩個含義：①低下，如：卑微、卑賤。②也可以比喻人的品質或物件的質量低劣，如：卑劣、卑鄙、卑不足道。而「悲」則是「悲傷、悲哀」的意思。所謂「自卑感」，是自認為低人一等，樣樣比別人差，所以不可以寫成「自悲感」。

例句：1. 從小文文一直是胖乎乎的，沒想到後來長成了一個亭亭玉立的少女，原先她藏在心底的一點點自卑感也從此一掃而空了。

2. 你要克服自卑感，看到自己有利的條件，才能對自己充滿信心。

背景 ☑　　　背境 ☒

釋義：①舞台上或影視劇裏的佈景，放在後面，襯托前景。②對人物、事件起作用的歷史情況或現實環境。③指背後依仗的力量。

辨析：「景」與「境」音近，但字義不同。「景」指景物、景色、佈景，「背景」即是背後的景物，或背後的佈景。

「境」指地域、疆界，如：國境、邊境、如入無人之境。此外，還指情況、處境，如：家境、情境、境況。

所以「背景」不可以寫成「背境」。

例句：1. 警察抓住疑兇之後，正在抓緊追查兇案發生的背景。

2. 這齣戲的舞台背景，是一名剛從歐洲學成歸來的設計師設計的，看上去果然與之前的風格差異很大。

不至於 ☑　　　不致於 ☒

釋義：不會達到某種程度。

辨析：「至」有「到、達到」的意思，「不至於」表示「不會達到某種程度」。而「不致」這個詞，表示「不會引起某種後果」。很明顯，這兩個詞的意思有很大差異，不能混用。

例句：1. 小明有點笨手笨腳，野營時他打翻了同學的餐盒。老師安撫同學說：「如果說他是故意搗亂，我想還不至於。」

2. 他受的傷很重，但還不至於有生命危險。

選出正確的答案，把代表字母填在圓圈內。

1. 莞（A. 而 B. 爾）　◯

2.（A. 卑 B. 悲）劣　◯

3. 咳（A. 漱 B. 嗽）　◯

4. 如入無人之（A. 景 B. 境）　◯

5. 復（A. 原 B. 完）　◯

圈出句子中的錯別字，並在括號內改正。

1. 姐姐會考成績不理想，不過倒還不致於落榜。（　　）

2. 我經常會約同學一起在運動場打籃球，偶而也會打打網球。（　　）

3. 這幅畫以邊境線上的森林為背境，畫出了荒無人煙的蒼涼之感。（　　）

4. 琳琳剛動完手術，我們去探望她時，都勸她好好休息，等身體復完了再返學校。（　　）

5. 他是個很自悲的人，經常覺得自己事事不如別人。（　　）

森嚴 ☑　　深嚴 ☒

釋義：形容防備嚴密。

辨析：「森」指森林，形容樹木多，而樹木多就往往有陰森的感覺，所以又引申為「陰森、森嚴」。

「深」是「淺」的反義詞，本來不應引起混淆。但由於這兩個字在粵語中發音相同，所以時常會被誤寫為「深嚴」。

例句：1. 最近一段時間，店舖盜竊猖狂，連小商店的保安都比平日森嚴。

2. 野營時，我們分成兩組玩野戰遊戲，我們組負責防守，另一組負責進攻，但另一組久攻不下，氣急之下抱怨說：「你們可真是壁壘森嚴啊。」

不期然 ☑　　不其然 ☒

釋義：不由自主地。

辨析：「不期然」本來是一個文言詞，其原型是「不期而然」，意思是「沒有期望如此，卻竟然如此」。後簡縮為「不期然」，詞義也引申解釋為「不由自主地」。

由上可見，「不期然」的「期」，原是「期望」的意思，是動詞，而「其」為代詞，因而不可以寫成「不其然」。

例句：1. 臨別時，我對好友說，別難過了，說不定哪一天我們會有一場不期然的偶遇呢。

2. 會議已經開始了，張小姐才姍姍來遲，在場人士的眼光都不期然落在了她身上。

尤其是 ☑　　由其是 ☒

釋義：表示更加強調後面要說明的事物。

辨析：「尤」有「特異」、「突出」的意思，所以「尤其」可以解釋為「特別」，「尤其是」跟「特別是」的含義差不多。

「由」解釋為「從」，如：由表及裏。沒有「由其是」這樣的詞。

例句：1. 國畫，尤其是山水畫，使我十分着迷。

2. 要注意飲食衛生，尤其是吃水果，一定要先洗乾淨。

敘舊 ☑　　聚舊 ☒

釋義：（親友間）談論跟彼此相關的舊事。

辨析：「敘」和「聚」雖然同屬動詞，但字義有很大的不同。

「敘」的意思是：①指記敘，如：敘述、敘事。②指說、談，如：敘別、敘家常。而「聚」則指聚集，如：聚合、聚集、聚居、聚會。

「敘舊」一般指久未見面的親戚、朋友、同學重逢時，親切地談起昔日溫馨的往事，重點在「敘」（交談），而不是「聚」（聚集）。「敘舊」不一定要很多人聚在一起，兩個熟人見面便可以「敘舊」了。

例句：

1. 她們這對好姐妹十多年沒見面了，這一回一見面就關在房間裏敘舊，連飯也顧不得吃。
2. 昨天晚上，我約幾位校友回母校聚會，大家見了面都親切地敘舊，聚會一直到深夜才結束。

揠苗助長 ☑　　壓苗助長 ☒

釋義：比喻急於求成，反而壞事。

辨析：「揠苗助長」這個成語出自《孟子》裏的一則寓言，說宋國有個人嫌地裏的禾苗長得太慢，就一棵棵往上拔起一點，回家還誇口說：「今天我幫助苗生長了。」他家裏人到地裏一看，苗都死了。

「揠」解釋為「拔」，即往上拔苗之意。不過「揠」這個字較生僻一些，所以有些人常常會把它寫成同音的「壓」，但「壓苗」卻是把苗往下壓，顯然和成語的意思是完全相反的。

例句：

1. 小瑜剛上學，媽媽就着急地給她報了很多補習班，爸爸知道後勸阻說：「孩子怎麼可能吸收這麼多內容，你豈不是在揠苗助長？」
2. 你一下子給花施這麼多肥，小心揠苗助長，適得其反。

下面着色的字表示甚麼意思？圈出正確答案的代表字母。

1. 不期然	A. 其它	B. 期望	C. 竟然
2. 尤其是	A. 經由	B. 尤為	C. 特別
3. 揠苗助長	A. 向上拔	B. 提起來	C. 往下壓
4. 陰森	A. 森林	B. 陰暗	C. 深淺
5. 敘述	A. 聚集	B. 說話	C. 記敘

在方格內填上適當的字，完成句子。

敘　壓　其　深　尤　森　由　揠　聚　舊　期　嚴

1. 婆婆帶我去參加她們的老同事☐會，一見面大家就開始☐舊，聊到結束還意猶未盡。

2. 這座城堡守衛☐嚴，外面還有一圈護城河圍繞着，閒雜人等根本別想輕易靠近。

3. 走在外國的街頭，在滿街的外國口音中，不☐然聽到一陣熟悉的鄉音，真是令人驚喜。

4. 對小朋友的學習，一定要注意循序漸進，千萬不能急於求成，☐其是☐苗助長。

貿貿然 ☑ 謬謬然 ☒

釋義：輕率地，不加考慮地。

辨析：「貿貿然」的原意是「形容眼睛看不清楚的樣子」，由此引申出的解釋為「輕率地、不加考慮地」，即對事物未看清楚之前便下判斷。「謬」解釋為「錯誤」，如：荒謬、謬論、差之毫釐謬以千里。從詞義看，這兩字相差甚遠，所以不可混用。

例句：1. 這件事看起來比較複雜，在沒有充分的調查研究之前，我們不應該貿貿然就下結論。

2. 當年大學畢業時，他貿貿然就投入了商場，在幾經大起大落之後，終於在商界創出了一片天。

不擇手段 ☑ 不摘手段 ☒

釋義：不選擇手段，意思是什麼手段都用得出來。

辨析：「擇」、「摘」在粵語中發音相同，所以經常有人會把它們搞混。但其實「擇」的意思是「揀選」，如：飢不擇食；而「摘」則是用手採下來，如：摘花等。所以「不擇手段」不能寫成「不摘手段」。

例句：1. 老師在課堂上跟同學們說，為了達到目的而不擇手段，即使目的是正確的，也不可以這麼做。

2. 他出身基層家庭，為了改變自己的處境，不擇手段地往上爬，雖然現在已躋身成功人士之列，但其所作所為為人側目。

赳赳武夫 ☑ 糾糾武夫 ☒

釋義：雄壯勇武的軍人。

辨析：「赳」的原意是「輕勁有才力」。在現代漢語裏，「赳」都以疊字形式出現，「赳赳」形容雄勁勇武的樣子，如：雄赳赳。而「糾」有三個字義：①本義指三段的繩索，引申為「纏繞」，如：糾纏、糾紛。②結集，如：糾正、糾集。③矯正、督查，如：糾正、糾察。

例句：1. 看不出這樣一個赳赳武夫，卻飽讀詩書，真是文武雙全。

2. 大強看多了武俠小說，一心要棄學習武做一名蓋世大俠。爸爸給他潑冷水道：當大俠也要有文化，不然只是一名赳赳武夫而已。

電氣化 ☑　　電器化 ☒

：指工業、經濟等各生產機構和人民生活中普遍使用電力的程度。

辨析：「電氣」原指天然雷電，後來人造電也稱為「電氣」，普遍使用人造電的程度就叫「電氣化」。

「電器」泛指一切利用電能作為動力的器具。

「電氣」指的是電能，而「電器」指的是利用電能作動力的器具，兩者不可混淆。

例句：

1. 我是個火車迷，外遊時爸爸特地帶我到當地一間鐵路博物館，博物館裏陳列的從最早的蒸汽火車、電氣化機車，一直到最先進的高鐵的模型，讓我大飽眼福。
2. 沒想到這個偏遠的鄉村，電氣化程度竟然那麼高，生活簡直和城市一樣便利。

備受爭議 ☑　　被受爭議 ☒

：「備受爭議」的「備」是「完全」的意思，「備受爭議」就是廣泛地引起爭議。

辨析：作為這樣解釋的「備」還可以構成以下詞語：關懷備至（無微不至的關懷）、備受歡迎（受到廣泛的歡迎）、備受讚賞（受到廣泛的讚賞）、備嘗艱辛（吃過許許多多的苦頭）等。

可能「備」作為這樣的解釋比較少見，所以容易被人誤以同音詞「被」取代。但「被」和「受」同義，「被爭議」等於「受爭議」，所以變成了「被受」疊用。顯然是錯的。

例句：

1. 備受爭議的世界七大奇跡評選昨晚公佈了最後的入圍名單，果然如事先預料的一樣，這份名單引起一片嘩然。
2. 很多歷史人物向來是備受爭議，這可能是年代久遠，許多資料軼失了，令後人無法進行全面的了解和客觀的判斷。

詞語對對碰

在下面橫線上填上「擇」、「赳」，並找出詞語的反義詞，用線連起來。

饑不____食 ●	● 軟 綿 綿
______武夫 ●	● 無所用心
不____手段 ●	● 挑肥揀瘦
雄________ ●	● 文弱書生

圈出句子中的錯別字，並在括號內改正。

1. 這條之前倍受爭議的鐵路線終於通車了，這個地區迎來了鐵路的電器化和高速化時代。

   (　　　)　(　　　)

2. 我對他的話將信將疑，不敢謬謬然答應，因為之前他所做的一些不摘手段的事情令人心生警惕。

   (　　　)　(　　　)

3. 社工與社區的老人家開會時，對近期流傳在老人中的一些荒貿的說法耐心地一一赳正。

   (　　　)　(　　　)

4. 今天義工來到獨居老人張伯家，不僅給他打掃了屋子，臨走時還給全屋的電氣線路做了安全檢查，張伯感到關懷倍至。

   (　　　)　(　　　)

銷聲匿跡 ☑　　消聲匿跡 ☒

釋義：不再公開講話，不再出頭露面，形容隱藏起來或不公開出現。

辨析：「銷」、「消」同音，兩個字都有「除去」的解釋，只是搭配習慣不同。

銷：銷案、銷假、銷賬、銷贓、註銷、吊銷、勾銷等。

消：消除、取消、打消、消炎等。

不過由「銷」構成的詞，大多含有「撤銷」的意味。

「銷聲匿跡」的「銷」雖然是「消除、消失」的意思，但由於這個成語固定化了，所以不允許用「消」代替「銷」。

例句：1. 到了秋天，北雁南飛，活躍在田間草際的昆蟲也都銷聲匿跡。

2. 我就不信，才這麼短時間，他竟然銷聲匿跡不見蹤影。

以逸待勞 ☑　　以逸代勞 ☒

釋義：作戰時採取守勢，養精蓄鋭，等待來攻的敵人疲勞後再出擊。

辨析：從釋義可以看出，「以逸待勞」的「待」十分明確地解釋為「等待」。而「代」是「代替」的意思，如寫成「以逸代勞」，就變成「以安閒去代替疲勞」了，顯然是錯的。

例句：1. 穩坐網中的蜘蛛，以逸待勞地等候獵物上門。

2. 面對遠道而來的疲憊的對手，我隊則是以逸待勞，從容應戰。

厲兵秣馬 ☑　　厲兵抹馬 ☒

釋義：指做好戰鬥準備。

辨析：在這個成語中，「厲」和「秣」都是名詞活用作動詞。「厲」同「礪」，本意為磨刀石，現活用作動詞，解釋為「磨利」；而「秣」是牲口的飼料，活用作動詞，解釋為「餵飽牲口」。

「厲兵」即是磨利兵器，「秣馬」就是餵飽戰馬。「厲兵」和「秣馬」都是為戰鬥做好準備。

而「抹」常用於成語的只有兩個：「東塗西抹」和「拐彎抹角」。

例句：1. 亞運會一天一天接近了，香港代表團厲兵秣馬，以旺盛的鬥志做好參賽的一切準備。

2. 大學聯考失利後，他厲兵秣馬，苦讀了一年，終於榜上有名。

樂而忘返 ☑　　樂而忙返 ☒

釋義：快樂地忘記了回去。

辨析：辨析：「忘」指「忘記」，而「忙」指「忙碌」或「匆促」；所以，「樂而忘返」當然應該用「忘」，否則錯寫成「忙」，豈不是成了「快樂得忙着回去」？

例句：1. 海洋公園實在太好玩了，同學們盡情地玩到天黑，樂而忘返。
2. 別人都說讀書苦，我可是沉迷書海，樂而忘返。

完璧歸趙 ☑　　原璧歸趙 ☒

釋義：「完璧歸趙」的典故相信很多同學都知道了，其直接意思就是「和氏璧完好無損地送回趙國」。後指原物完整無損地歸還本人。

辨析：「完」有完善、完美無缺的意思，「完璧」則是形容璧完好無缺。「原」可以解釋為「本來的」，但從歷史典故的情節看，應該是「完璧」更貼切。

例句：1. 鄰居叔叔家的電腦壞了，他急着要趕一份報告，就來我家借了一台。用完歸還時，他風趣地說：「完璧歸趙！」
2. 在國際刑警組織的追查下，博物館被盜的文物終於有了確切的下落，完璧歸趙。

中西合璧 ☑　　中西合壁 ☒

釋義：把中國的（文化、習俗等）和西方進行對比參照。

辨析：「璧」是扁圓形的、中間有孔的玉，半圓形的叫做「半璧」，兩個半璧合成一個就叫做「合璧」。「合璧」因而可用來比喻：事物搭在一起，配合得宜。如：珠聯璧合。或用來形容兩相對比、參照，如：中西合璧。
而「壁」是墻壁的壁，與「土」有關，所以沒有「合壁」這樣的詞。

例句：1. 香港是一個中西合璧的城市，既保留傳統的中國文化，又深受英國文化的影響。
2. 這座中西合璧的建築物見證了中國近代史上的許多重大事件。

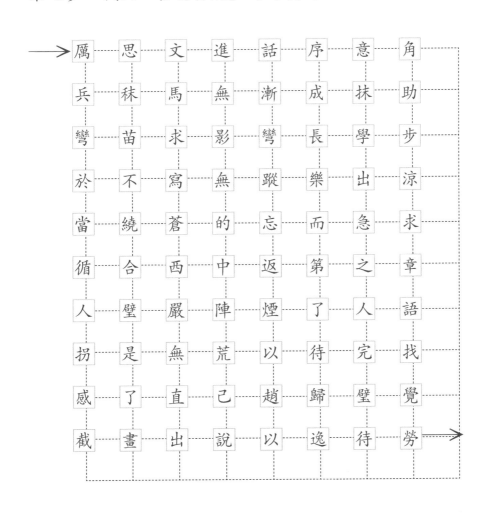

根據提示走出下面的文字迷宮。

第一步：找出意思是「做好戰鬥準備」的成語。

第二步：找出「銷聲匿跡」的近義詞。

第三步：找出意思是「快樂地忘記了回去」的成語。

第四步：找出「中西結合」的近義詞。

第五步：找出「厲兵秣馬」的近義詞。

第六步：找出「巧取豪奪」的反義詞。

第七步：找出「養精蓄鋭」的近義詞。

厲	思	文	進	話	序	意	角
兵	秣	馬	無	漸	成	抹	助
彎	苗	求	影	彎	長	學	步
於	不	寫	無	蹤	樂	出	涼
當	繞	蒼	的	忘	而	急	求
循	合	西	中	返	第	之	章
人	壁	嚴	陣	煙	了	人	語
拐	是	無	荒	以	待	完	找
感	了	直	己	趙	歸	壁	覺
截	畫	出	說	以	逸	待	勞

世外桃源 ☑　　世外桃園 ☒

釋義：比喻世外桃源，後借指不受外界影響的地方或幻想中的美好世界。

辨析：「世外桃源」是源自陶淵明《桃花源記》，「桃花源」的「源」指的是武陵漁人到達的溪水源頭的那一片地方。「園」所指的地方要小一些，如菜園、花園、果園等。

例句：1. 在喧囂的城市裏住慣的人，初次來到這個安靜的小山村，彷彿有進入世外桃源之感。

2. 陶淵明描寫的世外桃源一直為世人所津津樂道，大家都嚮往這麼一個純淨地方。

趨炎附勢 ☑　　趨炎赴勢 ☒

釋義：奉承依附有權有勢的人。

辨析：「炎」是「熱」之意，比喻有權勢的人，「驅炎」即是奔走權門；「附」是依附的意思，「附勢」即是依附有勢力的人。

「赴」解釋為「到某處去」，也可勉強用於這個成語，但「赴」明顯不如「附」生動，所以這裏還是用「附」更形象。

例句：1. 爸爸在大學教書，有一天談到大學老師的職責時，他很堅定地說，大學要培養有獨立精神的人，不能出趨炎附勢之徒。

2. 那些趨炎附勢的人，在看到上司落難時，都遠避不來，現在看到上司官復原職，又都趕來道賀。

和藹可親 ☑　　和靄可親 ☒

釋義：性情溫和，態度親切，令人覺得容易親近。

辨析：「藹」形容「和氣、態度友好」。「靄」同「藹」同音，但卻是指雲氣，如：煙靄、暮靄等。兩者從詞義上完全不同。

另請注意，「和藹可親」是書面語，較為莊重，多用來形容長輩，對輩分比自己低的人則不宜使用。

例句：1. 我們全班同學都喜歡新來的中文老師，因為她很和藹可親。

2. 我原以為將軍是很威嚴的，但沒想到他那麼和藹可親。

清風徐來 ☑　　清風隨來 ☒

釋義：清風慢慢地吹來。

辨析：「徐」除了做姓氏外，還解釋為「慢、緩慢」，多用於書面語中，如：徐徐圖之。由「隨」構成的詞語有很多：隨手、隨便、隨和、隨時、隨便、隨從、隨意、隨波逐流、隨遇而安等。

「清風徐來」的意思就是「清風慢慢吹來」，而不是「隨隨便便地吹來」，理解了這個意思，就不會寫成「清風隨來」了。

例句：1. 晚上，站在中環碼頭這邊，遠眺維港對面九龍半島的萬家燈火，清風徐來，令人渾然忘卻日間的煩悶和不快。

2. 我們一家外出度假遊湖，在遊船上，望着眼前的湖光山景，妹妹突然冒出一句：「真是清風徐來，水波不興啊。」

禮尚往來 ☑　　禮上往來 ☒

釋義：在禮節上講究有來有往，現在也指你怎樣對我，我也怎樣對你。

辨析：「尚」是「注重」的意思，如：崇尚、尚武。「禮尚往來」原意指在禮節上互相往來，後引申為「你怎樣對我，我也怎樣對你」。

而「上」在這裏顯然不可以替代「尚」。

例句：1. 去年我們去啟德學校參觀，他們接待那麼熱情，下星期他們來我校賽球，我們也應該好好接待，這是禮尚往來嘛！

2. 我雖不喜歡對方，但禮尚往來，只好勉強敷衍應付。

悲喜交集 ☑　　悲喜交雜 ☒

釋義：悲傷和喜悅的心情交織在一起。

辨析：「集」有「聚合」的意思，「交集」意即「交叉匯合」，常用來形容不同的感情或事物同時出現，如：悲喜交集、百感交集等。

「雜」卻是形容亂，形容許多種類、款式不同的東西，或身份不同的人聚集在一起，如：人多嘴雜、魚龍混雜等。

例句：1. 長期在海外漂泊的兒子終於回家了，老母親悲喜交集，老淚縱橫。

2. 這部歷史長篇連續劇，觀眾無一不感到悲喜交集、感慨萬千，體會到了濃厚的歷史滄桑感。

圈一圈 填一填

圈出四字詞語中的錯別字，在方格內訂正，並從中選出正確的答案填在橫線上。

1. 清風隨來 ▷▷▷▷▷▷▷▷ □
2. 禮上往來 ▷▷▷▷▷▷▷▷ □
3. 百感交雜 ▷▷▷▷▷▷▷▷ □
4. 世外淘源 ▷▷▷▷▷▷▷▷ □
5. 和靄可親 ▷▷▷▷▷▷▷▷ □
6. 趨炎赴勢 ▷▷▷▷▷▷▷▷ □
7. 魚龍混集 ▷▷▷▷▷▷▷▷ □

8. 一步入這個國家森林公園，__________，暑氣頓消，一派鳥語花香，好似進入了__________。

9. 這個地區的治安一貫令人棘手，主要是地區人員三教九流，__________，且流動人員也很多。

10. 我很喜歡去小姑婆家做客，除了爸爸常說的親戚家要__________，多走動外，還因為小姑婆一家都很__________，讓人感覺像在自己家裏一樣。

11. 那名前世界冠軍由於傷病已經很久沒出現在賽場上了，這次他終於重奪名次，在領獎時他真是__________，激動非常。

抑揚頓挫 ☑　　抑揚頓錯 ☒

釋義：形容聲調高低起伏、停頓轉折。

辨析：「抑」：降低；「揚」：升高；「頓」：停頓；「挫」：轉折。這四個字形容聲調的高、低、停、折。合在一起，就用來形容說話的聲調、音樂的旋律或詩文作品的音韻富於變化，和諧而有節奏。

「錯」卻是「錯誤」的「錯」，「交錯」的「錯」，顯然不可以用來形容聲調。

例句：1. 老師抑揚頓挫的講解是那麼生動，那麼清晰，我們入神地聽着。

2. 放學時我被遠處傳來的抑揚頓挫的朗誦聲所吸引，便不由自主地走了過去，原來是校話劇團在為校慶晚會排練。

岌岌可危 ☑　　汲汲可危 ☒

釋義：形容形勢十分危險。

辨析：「岌岌」和「汲汲」讀音相近，但意思卻各不相同。「岌」原是形容山勢高峻，「岌岌」形容形勢危險。「汲」原指汲水（從井裏打水上來），「汲汲」則形容忙碌的樣子。由於「岌岌」和「汲汲」與「岌」和「汲」的本意之間缺乏明顯的聯繫，所以經常有人會把它們搞錯。

例句：1. 這棟一級古蹟的建築物，在大地震之後牆壁出現多處裂縫，恐有倒塌之虞，情況岌岌可危。

2. 雖然國際組織及時伸出了援手，但這個國家的財政狀況仍然岌岌可危，民眾為此擔憂不已。

脈脈含情 ☑　　脉脉含情 ☒

釋義：默默地用眼神或行動來表達情意。也作「含情脈脈」。

辨析：「脈脈」原先寫為「目」字邊旁，形容含情凝視的樣子，所以只能構成「含情脈脈」這樣一個詞語。而「默默」則是形容不作聲，或無聲無息。如：默默無言、默默無聞。與「脈脈」相比，「默默」就沒有了「脈脈」所包含的「以眼神傳遞情意」的細微語意。

例句：1. 列車已經遠去，但她還是脈脈含情地佇立在那兒，忘記了回家。

2. 李先生脈脈含情的眼光，令王小姐怦然心動。

揮霍無度 ☑　　揮霍無道 ☒

釋義： 形容沒有節制，極度揮霍財物。

辨析： 「度」的本義是尺寸，引申解釋為「限制」，所謂「無度」即是沒有限制，「揮霍無度」就是形容胡亂揮霍，沒有一點節制。

「道」指道德，「無道」就是沒有道德，形容道德腐化墮落。由於在粵語中「無度」與「無道」讀音相同，所以容易被搞混。但從詞義來看，完全不能混用。

例句：

1. 這個「二世祖」在父母去世後，揮霍無度，沒有幾年時間就將偌大一份遺產耗費一空了。
2. 張小姐喜歡追逐潮流，每月的人工還卡數都不夠，屢屢刷爆卡。同事語重心長地跟她說：「你要學會節制，不能揮霍無度啊。」

滿紙塗鴉 ☑　　滿紙圖鴉 ☒

釋義： 指隨意塗畫或胡亂寫作。可用作自謙詞。

辨析： 「圖」最常見的解釋是「圖畫」，雖然也可以用作動詞，但它不是「畫畫」的意思，而是解釋為「打算、謀劃」， 如：不圖名利、只圖省事等。

「塗」最常見的解釋是「刪改文字，把不要的抹了去」。如：塗改。「塗」又可以解釋為「亂寫亂畫」， 如：信筆塗鴉、亂塗亂抹等。「塗鴉」的直接意思就是在紙上隨意亂塗的墨團像烏鴉一樣，後人以此來形容書法或畫技的拙劣。

例句：

1. 小弟弟剛會握筆，就學姐姐畫畫的樣子來了個滿紙塗鴉，全家人都被他逗得哈哈笑。
2. 爸爸的同事看到我最新畫的畫，紛紛稱讚我有天分，爸爸謙虛地說，小朋友只是滿紙塗鴉而已。

根據花燈的內容，猜猜是哪一個成語。

1. 形容形勢十分危險。

____

2. 聲調高低起伏、停頓轉折。

____

3. 極度揮霍財物。

____

默默用眼神或行動來表達情意。

____

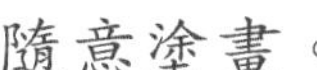

____

實事求是 ☑　　實事求事 ☒

釋義：根據實證，求取真知。現在多指如實反映情況或按實際情況辦事。

辨析：「是」在古文裏可以解釋為「正確」，與「非」相對，如：自以為是，一無是處。所謂「求是」，就是求取正確的東西，或可意譯為「求取真知」或「求取真理」。

「求事」則是想找一份工作來做，與「實事求是」的本意相差甚遠。

例句：1. 放學後正好在校園裏碰到數學老師，交談中老師說我近來進步很大，但也實事求是地指出了我可以更努力的地方。

2. 在年底評估時，經理要求我們要實事求是地評價同事的績效，不能讓認真工作的同事吃虧。

寧缺毋濫 ☑　　寧缺無濫 ☒

釋義：寧可缺少一些，也不要不顧質量或效果而一味求多。

辨析：「毋」是副詞，表示禁止或勸阻，相當於「不要」的意思，多用於文言中。此詞也可寫作「寧缺勿濫」。

「無」的本義是「沒有」。這兩個字在古代可以通用，但在現代漢語中已經分得很清楚，不可混用。

例句：1. 這次比賽一等獎空缺，評委會主席表示，為保證比賽質量，獎項寧缺毋濫。

2. 這次公司規模擴大，空缺了不少職位，總經理要求人力資源總監在招聘時寧缺毋濫，一定要挑選最符合公司理念的人才。

伸張正義 ☑　　申張正義 ☒

釋義：擴大、發揚正義。

辨析：「伸」的本義是「由屈變直」，引申解釋為「展開、發揚」。

「伸張」的意思就是「擴大、發揚」。

「申」解釋為「說明、告訴」，與「伸張」的意思扯不上關係。

例句：1. 控方律師再三要求法庭要嚴懲被告，以伸張正義。

2. 這部電影中的警察非常正直勇敢，不斷為平民百姓伸張正義，和警察局裏的腐敗歪風做鬥爭。

墨守成規 ☑　　默守成規 ☒

釋義：形容思想保守，守着老規矩不肯改變。

辨析：「墨守」的「墨」，是指戰國時代的墨翟（世人尊稱他為「墨子」）。墨子善於守城，後世便以「墨翟之守」比喻善守和固守。「墨守」即是「墨翟之守」的簡稱。而「默」指「不說話、不出聲」。「默守成規」從字面上看似乎也解釋得通，但是「默守」便沒有「固執地保守着」那樣的意思，所以仍應以「墨守」為正。

例句：1. 為參加校際話劇比賽，我們精心排演了一部話劇，但卻沒有通過學校的內部評選，評委老師說我們雖然做了精心準備，但劇情墨守成規，沒有新意，所以建議我們好好地再做修改。

2. 時代瞬息萬變，一味墨守成規，終將會被淘汰。

米珠薪桂 ☑　　米珠薪貴 ☒

釋義：形容物價十分昂貴。

辨析：「米珠薪桂」按字直譯，就是「米貴得像珍珠，柴禾貴得像桂木」。在這個成語裏，「米」與「薪」相對，「珠」與「桂」用來作為比喻的事物。明白了「桂」是用作比喻的物件，與「珠」相對，就不應把「薪桂」寫成「薪貴」了。

例句：1. 初初來到這個大城市，發現此地米珠薪桂，生活不易！

2. 物價上漲，米珠薪桂，許多人只好以減少消費來縮減開支。

光彩炫目 ☑　　光彩眩目 ☒

釋義：光彩晃人眼睛。

辨析：「炫」從火，本義指光耀、輝映。「光彩炫目」即是強烈的光彩輝映得人睜不開眼來。此詞也可寫作「光彩耀目」或「光彩奪目」。而「眩」則從「目」，指眼睛昏花。「頭昏目眩」指的是頭腦發昏、雙眼昏花，看東西不清楚。

例句：1. 每逢聖誕，海港城門口的聖誕燈飾看上去格外光彩炫目。

2. 週日媽媽帶我去看國際珠寶展，那些光彩炫目的珠寶，看得人眼花繚亂。

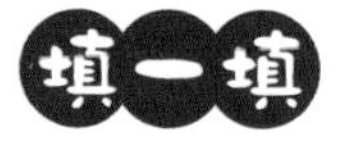

一．下面的偏旁可以與部首組合成新字，在括號內填上字並組詞。

1. 圭
- 人（　　）（　　）
- 木（　　）（　　）
- 革（　　）（　　）
- 虫（　　）（　　）

2. 黑
- 土（　　）（　　）
- 犬（　　）（　　）
- 占（　　）（　　）
- 代（　　）（　　）

二．下面的通告中缺了漢字，在橫線上填上適當的漢字。

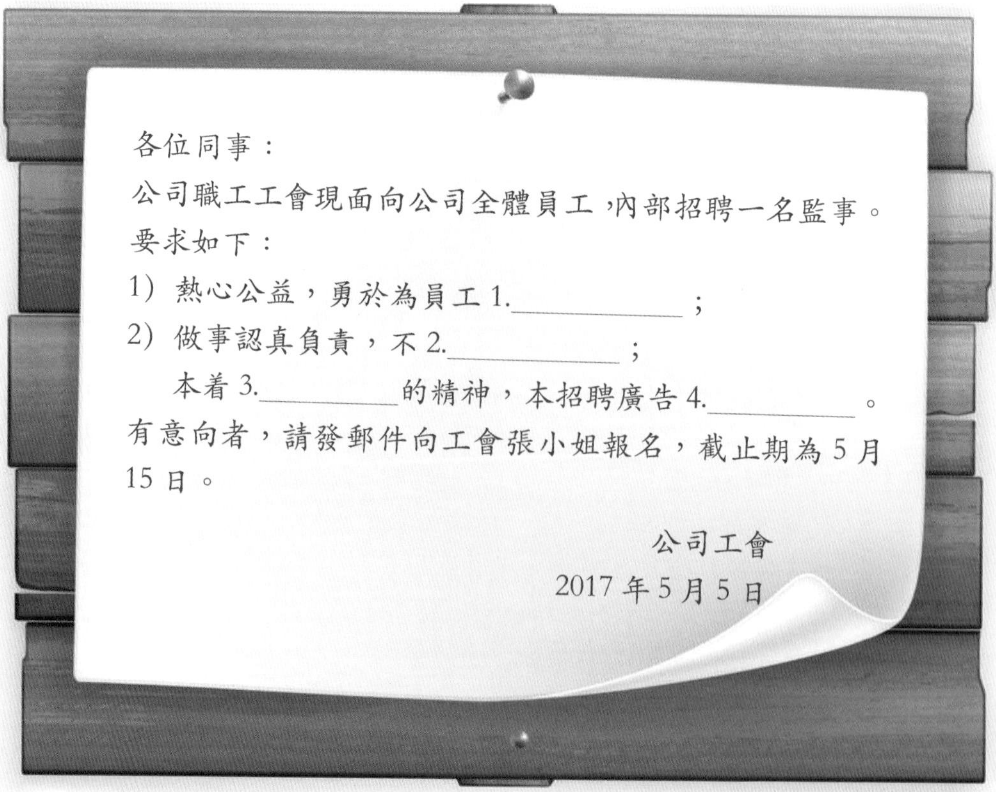

各位同事：

公司職工工會現面向公司全體員工，內部招聘一名監事。要求如下：

1) 熱心公益，勇於為員工 1.__________；

2) 做事認真負責，不 2.__________；

本着 3.__________的精神，本招聘廣告 4.__________。

有意向者，請發郵件向工會張小姐報名，截止期為 5 月 15 日。

公司工會

2017 年 5 月 5 日

怦然心動 ☑　　砰然心動 ☒

釋義：心怦怦地跳動。

辨析：「怦」形容心跳的聲音。如：怦然心動、心怦怦地跳。而「砰」則形容重物墜地的聲音。雖然這兩個字同音，但從字義來說，是各自形容不同聲音的象聲詞，所以不可混用。

例句：
1. 參觀玩具展時，面對着那麼多新奇好玩的新款玩具，我想很少有小朋友不會為之怦然心動的。
2. 聽着手機裏放出的一首歌，忽然其中一句歌詞讓我怦然心動。

神志不清 ☑　　神智不清 ☒

釋義：陷於昏迷狀態，失去對事物的判斷和處理能力。

辨析：「神志」指知覺和理智，強調的是一個較小的範疇。如：神志不清、神志清醒。而「神智」則指精神智慧，強調的是一個較大的範疇。如：好書益人神智。

例句：
1. 經過一個星期的治療，在車禍中受重傷的那名傷員仍然神志不清。
2. 婆婆年老體衰，有一次突然在家中發病，神志不清，全家人緊張萬分，趕緊召救護車把她送進醫院。

拾人牙慧 ☑　　拾人牙惠 ☒

釋義：拾取別人已說過的話當做自己的話。

辨析：語出《世說新語》中的一個故事：殷浩有個外甥名叫韓康伯，有一天殷浩聽到韓康伯對人發表的議論全是自己的話，便對別人說：「康伯未得我牙後慧。」意思是說韓康伯連我牙齒後面的污穢都還沒有得到，討論的道理和學問差得遠呢！

後來，大家覺得「穢」字比較不雅，索性以「慧」字取代。所以「拾人牙慧」也可以解釋為拾取他人口頭上的一點智慧。

「惠」是恩惠的「惠」，從以上典故看，用「惠」字確實不妥。

例句：
1. 這首詩裏雖然用了幾個典故，但卻沒顯出什麼新意，這就難免有拾人牙慧之感了。
2. 寫文章如果只是人云亦云、拾人牙慧，那文章就沒有什麼價值。

咧着嘴笑 ☑　　裂着嘴笑 ☒

釋義：張開嘴巴笑。

辨析：「咧」指的是嘴唇張開，嘴角向兩邊伸展，如：咧着嘴笑。而「裂」指「破而分裂」，如：分裂、破裂、決裂、裂開、裂口、裂縫等。

對這兩個字，可以這樣區分：

- 凡是東西裂開後可以恢復原狀的，用「咧」。
- 凡是東西裂開後不能恢復原狀的，用「裂」。

「咧着嘴笑」，張開的嘴巴在笑完之後，當然可以自動恢復原狀，所以應該用「咧」。

例句：1. 一聽到爸爸宣佈假期全家去海外旅行，小明什麼也沒說，只是咧着嘴笑。

2. 叔叔家養的一條胖柴犬，整天咧着嘴笑，非常可愛。

飛黃騰達 ☑　　飛皇騰達 ☒

釋義：比喻驟然得志，官職、地位升得很快。現在多用於貶義。

辨析：「飛黃」是傳說中的神馬，「騰達」原寫為「騰踏」，形容神馬沸騰向上的樣子。

由上可見，「飛黃」是一個專有名詞，所以不能寫成同音的「飛皇」。

例句：1. 社會上很多人都想一步登天、飛黃騰達，但爸爸一直對我說，做人要腳踏實地，不然升得越高可能跌得越慘。

2. 他原本默默無聞，但由於受到了上司的提拔，從此飛黃騰達起來。

珠光寶氣 ☑　　珠光寶器 ☒

釋義：形容裝飾華麗，光彩四射。

辨析：「珠光寶氣」裏的「珠、寶」指首飾，「光、氣」則形容珠寶閃射出來的光彩。而「器」指器物，古文中也有「寶器」這樣一個詞，多指鼎鼐等傳國的珍貴器物。

例句：1. 參加晚宴的女士們全都濃妝艷抹、珠光寶氣。

2. 白小姐雖然出身豪門，但打扮一向樸實低調，在她身上從來看不到珠光寶氣、名牌加身。

根據下面表格內的字和圖畫的提示填寫四字詞語。

咧			笑
	然		
	彩		
神			
	人		

A. ______

B. ______

C. ______

D. ______

E. ______

詞語對對碰

在橫線上填上「黃」或「皇」，並找出詞語的近義詞，用直線連起來。

富麗堂____	明目張膽
飛____騰達	胡說八道
堂而____之	金枝玉葉
____粱美夢	白日做夢
信口雌____	金碧輝煌
____親國戚	

黯然神傷 ☑　　暗然神傷 ☒

釋義：形容因失意、沮喪而傷感。

辨析：「黯」指陰暗，「黯然」可以形容陰暗，也可以用來比喻人的心情灰暗、抑鬱。而「暗」與「明」相對，形容光線不足；也可以引申比喻隱藏的、秘密的，如：暗害、明人不做暗事、暗自歡喜。所以形容心情沮喪，就不可以寫成「暗然」。

例句：1. 想到那些不愉快的往事，她不由黯然神傷。

2. 自從由於工作失職被公司開除後，他整天黯然神傷，無精打采。

首屈一指 ☑　　手屈一指 ☒

釋義：表示位居第一。

辨析：「首」有兩個字義，一是「頭」，如：昂首闊步。二是指「首先」，如：首當其衝。「首屈一指」指的是在計算數目時，首先彎下大拇指。人們以這個成語來表示位居第一。而「手屈一指」似乎在字面上也說得通，但「手屈一指」的意思只是說從手上隨意屈下一個指頭，跟「首屈一指」的意思不一樣，所以還是不可以混用。

例句：1. 這所中學的會考成績，在全港首屈一指。

2. 我祖父是行內首屈一指的工匠，他從十多歲就開始學手藝，吃了不少苦，終於有了今天的地位。

刎頸之交 ☑　　吻頸之交 ☒

釋義：指同生死共患難的朋友。

辨析：「刎」和「吻」讀音相同，但意義相差甚遠，不可混用。「刎」從刀，指用刀割脖子。「自刎而死」即是自己用刀割脖子而死。而「吻」從口，指用嘴唇接觸人或物，表示說愛。如：親吻、接吻、飛吻等。古人稱生死至交為「刎頸之交」，言外之意就是：即使把脖子割斷，友情也絕不會改變。

例句：1. 經過這一次事件之後，這一對冤家不但前嫌盡釋，而且還結成了刎頸之交。

2. 他交友廣闊，可惜酒肉朋友多的是，刎頸之交一個都沒有。

故弄玄虛 ☑　　故弄懸虛 ☒

釋義：故意玩弄使人迷惑的花招。

辨析：「玄」原意「幽遠」，引申解釋為「深奧、神妙」。這個字還經常與道家聯繫在一起，道家喜談「玄」，以致「玄」成了道家的代稱。「玄虛」形容的便是道家的「道、理」的奧妙虛無。由於道家這種「玄虛」的道理，在凡人聽來簡直不知所云，所以「玄虛」便引申解釋為「使人迷惑的手段」。

而「懸」則是「掛」的意思，如：高懸、懸空、倒懸等。

顯然，作為「掛」解釋的「懸」，與「玄虛」根本扯不上關係。

例句：

1. 吳先生向來愛故弄玄虛，很平常的話題從他的口中說出來，常常讓人感到莫測高深。
2. 同學邀我一起去看近期廣告聲勢很大的一部懸疑片，看完之後，同學問我感覺如何，我回答道：故弄玄虛，不知所云。

竭盡綿薄之力 ☑　　竭盡棉薄之力 ☒

釋義：竭盡自己微小的力量和才能。常用作自謙之辭。

辨析：「綿」和「棉」同音，「綿」指絲綿，可以引申形容延續、輕軟、微小。如：綿延、綿長、綿軟、綿力等。如「綿裏藏針」比喻柔中有剛。「棉」從木，指棉花，凡與棉花有關或以棉花紡織成的成品，如：棉布、棉紗、棉被、棉衣等，都用「棉」。它沒有引申義，因而，像以上的「綿延、綿長、綿軟、綿力」等，都不可以寫為「棉」。

例句：

1. 新來的中文教師在第一天與同學們見面時，很真誠地說：「我知道很多同學都視學中文為畏途，我願竭盡綿薄之力，和大家一起學好中文。」
2. 我和同學在街頭做義工時，不斷有人過來打聽如何加入義工團隊，他們都願意竭盡綿薄之力去幫助需要幫助的人。

下面的四字詞語亂了，並且少了字，把正確的詞語填在橫線上。

1. 光 珠 ◯ 寶 ____________
2. 一 指 屈 ◯ ____________
3. 神 ◯ 傷 然 ____________
4. 之 薄 力 ◯ ____________
5. 弄 故 ◯ 虛 ____________
6. 喜 自 歡 ◯ ____________
7. 步 闊 ◯ 首 ____________
8. ◯ 針 藏 裏 ____________

從上題中選出適當的詞語，填在橫線上。

1. 立冬作為學校____________的長笛樂手，這次代表學校參加地區音樂比賽，沒想到卻敗在一個第一次參加比賽的女孩子手上，心高氣傲的他只能____________。
2. 公司的兩位同事陳先生和張小姐說話都極具風格，一個喜歡____________，旁人聽來簡直不知所云；另一個則經常____________，話中有話，柔中有剛。
3. 那位打扮得____________的女士，____________地走入了學校圖書館，絲毫沒覺察自己的打扮與周邊環境多麼格格不入。
4. 保護地球環境其實並不是一件很難的事情，人人都可以為環保竭盡____________，如少用幾個塑膠袋、旅行時盡量自帶洗漱用品等。

暫付闕如 ☑　　暫付缺如 ☒

釋義：欠缺本應有之物。

辨析：「缺」的意思是「空缺、缺少」。而「闕」雖然亦同「缺」，但「闕」是文言詞，只保留在「暫付闕如」之類的詞語中；而在現代漢語中，「空缺、缺少、缺陷、缺口」等，則只可以寫「缺」。

例句：1. 這個地方的人都姓一個極為罕見的姓，鄉委會為了編寫地方志，翻遍所有的史料，都找不到這個姓的來源，只好暫付闕如了。

2. 祖父送我一堆文言古籍，但按我現在的中文程度，顯然是「暫付闕如」。

水洩不通 ☑　　水瀉不通 ☒

釋義：形容十分擁擠或包圍得十分嚴密，好像連水都不能洩出。

辨析：「洩」、「瀉」同音，都可以表示液體流動。「洩」常表示液體通過某些障礙或包圍而排出，如：排洩、洩洪、洩水。

「瀉」則強調液體向下直流，如：流瀉、傾瀉、一瀉千里、一瀉如注等。

「水洩不通」形容人群擁擠、或包圍嚴密，以至於好像連水都無法通過這些障礙、包圍而排洩出來，所以這裏只能用「洩」。

例句：1. 那位外國政要一走出大會場，便被記者圍了個水洩不通。

2. 前面好像出交通事故了，整條街都堵得水洩不通。

善於辭令 ☑　　擅於辭令 ☒

釋義：在交際應對方面有專長。

辨析：「善」、「擅」同音，且都有「在某方面有專長」的意思，但在表達習慣上，「善」可以寫為「善於」，但「擅」卻不可以寫成「擅於」，說「擅長畫畫」可以，但「擅於辭令」卻不可以。

例句：1. 鄰居阿婆的小孫子從小應對敏捷、善於辭令，現在是學校辯論隊的隊長。我們與阿婆開玩笑說以後她孫子肯定是個金牌大狀。

2. 我性格內向，不善言談，所以很羨慕那些善於辭令的同學，在那些同學面前我有點小小的自卑。老師勸導我說每個人都有自己的特長，沒必要妄自菲薄。

功不可沒 ☑　　功不可抹 ☒

釋義：功勞很大不能被埋沒。

辨析：「沒」的原意是淹沒，比喻某件事物消失、泯滅。「功不可沒」的「沒」用的就是這個比喻義。而「抹」的本義是「塗抹」，如「東塗西抹」，形容到處亂摸亂畫。同時，「抹」在口語裏，可解釋為「抹去灰塵、油垢等」，如抹玻璃、抹飯桌等。單憑一個「抹」字，不能表示「抹殺」，所以用「功不可抹」是解釋不通的。

例句：1. 我們學校的女子排球隊，之所以能多次在全港女排比賽中奪冠，張教練功不可沒。

2. 這套電視劇之所以能取得如此高的收視率，除了編劇、導演、主要演員的功勞外，一眾配角演員也功不可沒。

風聲鶴唳 ☑　　風聲鶴淚 ☒

釋義：形容驚慌疑懼。

辨析：「風聲鶴唳」是一個典故，前秦時苻堅領兵攻打東晉，大敗而逃。潰敗的士兵聽到風聲和鶴叫，都疑心是追兵來了。

在這裏，「唳」是鶴叫；而「淚」是眼淚，雖然這兩個字在粵語中發音相同，但不可混淆。

例句：1. 屯門近日多名居民遭到行劫，一時間不由風聲鶴唳，人人自危。

2. 這些消息也可能都是訛傳，別先把自己嚇得風聲鶴唳，寢食難安。

人所不齒 ☑　　人所不恥 ☒

釋義：人們所不願提起，被人們所鄙視。

辨析：「齒」在文言文中可活用作動詞，解釋為「提起、說到」。所謂「人所不齒」，就是「人們所不願提起、說起」，言下之意即是對某人極端鄙視。而「恥」是「羞恥」的恥，「不恥」就是不感到羞恥。「齒」、「恥」各自的構詞，常用的都只有一個：不齒——人所不齒；不恥——不恥下問。

例句：1. 他這樣隨便詆毀一位受人尊敬的老人，真是人所不齒。

2. 這位詩人的詩雖然有一定的成就，但其為人實在人所不齒。

在空格中填上適當的字，完成四字詞語。

1. 瀉　洩

□露天機　一□千里　一□如注　水□不通
水銀□地

2. 沒　抹

哭天□淚　自討□趣　功不可□　轉彎□角
神出鬼□　全軍覆□　濃妝艷□　□心□肺
□齒難忘

3. 齒　恥

唇□相依　奇□大辱　人所不□　不□下問
不足掛□　恬不知□　伶牙俐□　引以為□
唇紅□白　明眸皓□　厚顏無□

4. 善　擅

多愁感□　□於辭令　□罷甘休　從□如流
□離職守　樂□好施　各□所長　慈眉□目
□作主張　盡□盡美

學海無涯 ☑　　學海無崖 ☒

釋義：形容做學問沒有止境，鼓勵人要永不自滿地學習。

辨析：「涯」從水，本義是水邊，泛指邊際。如：一望無涯、天涯海角。

「崖」從山，指山石或高山陡立的側面，如：山崖、懸崖峭壁。

「學海無涯」中的「無涯」即是「無邊」的意思，這個成語把學問比成無邊無際的大海，意為對知識的追求永遠沒有止境。

顯然，在這裏，如果把「涯」換成「崖」，就說不通了。

例句：1. 他做研究工作，學海無涯，一直都很忙，沒有時間遊玩。

2. 人生有限，學海無涯，如果你想在廣博的書山學海中吸收到更多更廣的知識，「勤奮」和「刻苦」是必不可少的。

寂寂無聞 ☑　　藉藉無聞 ☒

釋義：指毫無聲息、默默無聞、沒有名氣。

辨析：「寂寂」形容靜，無聲無息。「寂寂無聞」就是形容一個人不出名、不為人所知。

「藉藉」則形容為「紛亂」。所以從這兩詞的詞義看，是不可混用的。

例句：1. 這首歌原本寂寂無聞，有一次被目前正當紅的那名歌星在電視上翻唱後，一夜爆紅，成為暢銷金曲。

2. 張校長剛來到我們學校時，學校還寂寂無聞，經過他十幾二十年的努力，現在成為地區首屈一指的名校之一。

緣木求魚 ☑　　沿木求魚 ☒

釋義：爬到樹上去找魚，比喻方向、方法不對，一定達不到目的。

辨析：「緣」在文言文中解釋為「攀爬」，「緣木求魚」用的就是這項解釋。

「沿」作為動詞用的時候，解釋為「順着」，如：沿路、沿途、沿街等。

「緣木求魚」並不是順着樹木去找，而是攀爬上樹，所以不可以寫作「沿木求魚」。

例句：1. 不勤讀勤寫，卻夢想成為作家，無異於緣木求魚。

2. 公司舉行捐款活動，有人一分不捐，有同事向負責此事的新同事解釋說：「讓他這種小氣鬼捐款，無異是緣木求魚。」

破釜沉舟 ☑　　破斧沉舟 ☒

釋義：比喻下決心，不顧一切幹到底。

辨析：「釜」是文言字，即是鐵鍋。「破釜沉舟」的意思就是：打破鐵鍋，把船弄沉。

這個成語出自《史記‧項羽本紀》：項羽跟秦兵打仗，過河後把鍋打破，把船弄沉，表示只有前進，沒有後退。

明白了典故的來源和「釜」的意思，就不會把「破釜沉舟」誤寫成「破斧沉舟」了。

例句：

1. 校際籃球比賽，我們將遭遇港島最強的一支勁旅，教練給我們做賽前動員說：「拿出破釜沉舟的勇氣來！發揮出你們的最大實力！相信自己！」
2. 處於劣勢中的軍隊，只有破釜沉舟，拼死一戰，才能死裏逃生。

冒天下之大不韙 ☑　　冒天下之大不諱 ☒

釋義：不顧天下人的反對，公然做罪大惡極的壞事。

辨析：「韙」的意思是「是、對」，「不韙」的意思即是「不是、不對」。「冒天下之大不韙」是一句貶義色彩十分濃烈的成語，多指不顧輿論的譴責而去幹壞事，例如發動侵略戰爭、濫殺無辜、賣國求榮等。

「諱」的意思是「因有顧忌而不敢說或不願說」，如：忌諱、諱疾忌醫、諱莫如深。

由於「韙」字較生僻，且在粵語中「韙」、「諱」同音，所以常被人誤寫，其實兩字的詞義不同，不可混用。

例句：

1. 誰敢冒天下之大不韙，發動不義戰爭，誰就必將受到歷史的懲罰。
2. 這家大財團竟然冒天下之大不韙，公然毀約，撤回了對第三世界小國的經濟投資，引起國際社會一片嘩然。

部首加法算式

在括號內填上適當的偏旁，並組詞。

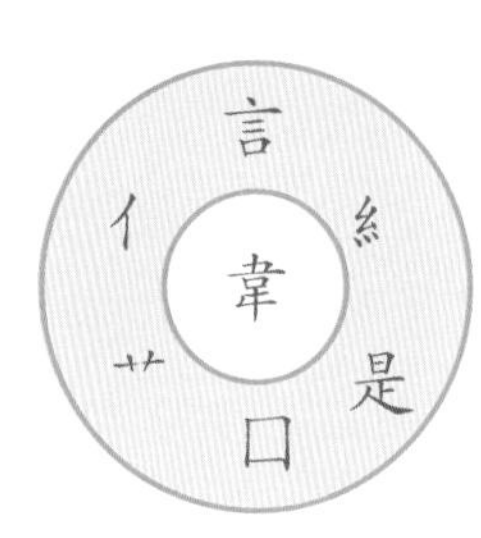

例：（亻）＋（韋）＝（偉）（偉大）

1. （　　）＋（　　）＝（　　）（　　　）

2. （　　）＋（　　）＝（　　）（　　　）

3. （　　）＋（　　）＝（　　）（　　　）

4. （　　）＋（　　）＝（　　）（　　　）

5. （　　）＋（　　）＝（　　）（　　　）

在正確詞語前的方格內加√。

1. 「（□學海無涯 □學海無崖）苦作舟」。學習從來就不是一件輕輕鬆鬆就可以完成的事情，要取得好成績，有時候我們必須拿出（□破斧沉舟 □破釜沉舟）的勇氣來。

2. 由於參加這項化學挑戰者比賽的所有參賽者都用錯了實驗方法，無異於（□沿木求魚 □緣木求魚）。這樣一來，比賽的獲勝者只好（□暫付闕如 □暫付缺如）了。

3. 這家出版公司成立幾年來一直在業內（□藉藉無聞 □寂寂無聞），沒想到在今年書展上有多本書進入了暢銷書榜，真是不鳴則已，一鳴驚人啊！

收穫 ☑　　收獲 ☒

釋義：①收成農作物。

②比喻所取得的利益或成果。

辨析：「穫」從禾，指收割、收成。「收穫」又可以比喻所取得的利益和成果。多用作名詞。

「獲」從犬，指捕獲獵物或人，可以構成動詞性的詞語，如：捕獲、繳獲、獲取、獲利、獲勝、不勞而獲等。

從上面的解釋看，「穫」與「獲」在用法上還是有明確的分工的。

例句：
1. 我在花盆裏種下了花種，勤澆水勤曬太陽，過了幾天真的有了收穫——一粒小小的芽破土而出！
2. 常言道，一份耕耘一份收穫，學習也好，做任何事也好，不努力就不可能有成功。

入彀 ☑　　入殼 ☒

釋義：上當，上圈套。

辨析：「彀」是一個比較生僻的字，從弓部。本義是「把弓用力拉開」，弓弩的有效射程就叫「彀中」。「入彀」即是進入了弓箭的射程範圍之內，引申比喻為「受人控制」或「上了別人的圈套」。

有些人不明白「入彀」的字面和詞義有什麼聯繫，所以常把「入彀」寫為「入殼」。「殼」是外殼，只是和「彀」字形相似，但字義完全不同。

例句：
1. 班級野營時，全班分成兩隊玩軍事遊戲，我隊佯裝防守鬆懈，另一隊果然中計，進入了我隊的包圍圈，我隊隊長得意地笑道：「哈哈，這叫請君入彀！」
2. 現在頻發的電話詐騙案，就是不法分子掌握了人們膽小怕事的心理，用一個個精心編造的圈套引人入彀。

抱歉 ☑　　抱嫌 ☒

釋義：心裏覺得不安，覺得對不起別人。

辨析：「歉」指「對不起別人的心情」，如：歉意、道歉等。

「嫌」是「厭惡、不滿意」的意思，如：嫌棄、討人謙。「嫌」也可以解釋為「可疑」，如：嫌疑、避嫌、涉嫌等。

例句：1. 媽媽帶着嘉文去上鋼琴課，碰到大塞車，等趕到時已經遲到不少時間了。進門後，嘉文禮貌地對鋼琴老師說：「抱歉，讓您久等了。」

2. 這件事讓你受委屈，實在抱歉得很。

鬆弛 ☑　　鬆馳 ☒

釋義：①鬆散、不緊張。②（制度、紀律等）執行得不嚴格。

辨析：「弛」原指弓弦鬆了，後引申解釋為「鬆開、鬆懈」，如：一張一弛。

「馳」原指馬奔跑，後來形容跑得很快，如：飛馳而過、風馳電掣等。

由上可見，「鬆」與「馳」構成詞語，沒有意義。

例句：1. 這個班級一向在上體育課時紀律鬆弛，令新來的體育老師張老師大感頭痛。

2. 明天就要會考了，爸爸媽媽晚上特地陪我到海濱長廊散步，鬆弛一下連日來緊繃的神經。

殺戮 ☑　　殺戳 ☒

釋義：殺害。

辨析：「戮」是一個比較生僻的文言詞，意思就是殺。「殺戮」即是殺害，一般都指大量殺害。

而「戳」則是用力使長條形物體的頂端向前觸動或穿過另一物體。

這兩字字形較相似，「戮」又不是常用詞，所以經常會被混淆。

例句：1. 電視新聞裏正在播放恐怖分子殺戮無辜平民的鏡頭，雖然已經做了技術處理，但妹妹看見後還是嚇得用手捂住了眼睛。

2. 這個殘暴的帝王登上王位後，不僅把跟他搶奪王位的兄弟處決了，還大肆殺戮了他兄弟的黨羽。

将下面的「也」、「兼」加上部首組合成新字。填在方格内，完成词语。

選出正確的答案，填在句子中的橫線上。

穫　獲　殼　穀　歉　嫌　戮　戳　弛　馳

1. 本來以為今年氣候不好，學校的試驗果園會 ____ 收，沒想到在農藝專家的指點下，到秋天時結出了累累果實，收 ____ 喜人！

2. 最近我的成績下降很厲害，老師找我談話說：「你不要以為自己有幾分小聰明，就整天想着可以不勞而 ____，現在成績就是最好的證明！」這番話真是 ____ 中了我的痛處。

3. 吃早飯時，弟弟 ____ 工人姐姐做的早餐不好吃，在那邊大喊大叫大發脾氣。媽媽見狀嚴厲地說：「你不可以用這種態度對待工人姐姐，馬上向她道 ____！」

4. 從父輩手中接過這間 ____ 名中外的百年老舖後，小王的狀態一直很緊張，直到年底看到那份漂亮的財務報告後，他整個人這才鬆 ____ 了下來。

損失 ☑　　　捐失 ☒

釋義：指失去東西，不會有補償。

辨析：「損」的意思是「損壞、減少」，如：損耗、損害、損傷、損人利己等。而「捐」卻是「捐助、捨棄」的意思，如：捐獻、捐錢、捐贈、為國捐軀等。

「損」、「捐」音、義都不同，所以不應該混淆。

例句：1. 昨晚那場大雨雨勢兇猛，給新界的菜農造成了很大損失。

2. 這個富人區連續發生的入室盜竊事件，使不少住戶損失慘重。

口渴 ☑　　　口喝 ☒

釋義：口乾，想喝水。

辨析：「渴」指口乾，如：饑渴、口渴、臨渴掘井、望梅止渴等。「渴」又可以引申解釋為「迫切地」，猶如口乾時渴望喝水一般，如：渴望、渴慕等。

「喝」指飲下液體，如：喝水、喝茶、喝酒、吃喝玩樂等。「喝」還有一個多音字 hè，指大聲喊叫，如：吆喝、大喝一聲、喝彩等。

「渴」和「喝」字形有點接近，所以有些人會混用。

例句：1. 天太熱了，口渴得要命。

2. 口渴時，如果有一杯清冽甘甜的水下肚，那是多麼痛快啊！

辯論 ☑　　　辨論 ☒

釋義：彼此用一定的理由來說明自己的某種見解，批評對方的觀點，以達到有一個正確的認識或共同的意見。

辨析：「辯」和「辨」都有「分清」的意思，「辯」的形旁「言」，暗示其分清的手段是言詞，如：辯駁、雄辯、百口莫辯等。

「辨」則強調是按經驗、憑眼力區別人或物，如：辨認兇手、辨認字跡、辨認方向等。

例句：1. 下個月學校將舉行辯論比賽，我和辯論隊的同學看到通知後馬上行動起來，確定題目、查閱資料、分配角色……忙得不亦樂乎。

2. 關於大學的學制，教育界曾經有過一場很激烈的辯論。

分辨 ☑　　分辦 ☒

釋義： 分析辨別、區別。

辨析： 「辨」指憑眼光、經驗分別、辨認事物，如：辨別、辨認、辨識、辨析等。「辦」則強調花力氣去處理、經營，如：辦事、辦公、辦理等。

「分辨」強調「辨別、區別」，所以應該用「辨」而不是「辦」。

例句： 1. 中文課上默寫，老師見很多同學都把兩個常見字混用，便馬上指出：這兩個字要是不留意分辨，就會經常混用。

2. 在城市生活久了，一下子來到野外，通常會分辨不出東西南北來。

撤退 ☑　　撒退 ☒

釋義： （軍隊）從陣地或所佔領的地方退出。

辨析： 「撤」和「撒」字形相似，但詞義不同。「徹」有「後退」的意思，如：撤兵、撤防；「撤」還可以解釋為「除去」如：撤職查辦。

「撒」則指「放開」或「散佈」，如：撒手、撒種。

例句： 1. 那艘遊船靠岸時不慎被離岸的其他船隻撞了一下，在船長的指揮下，船上的乘客井然有序地撤退，避免了一場如「泰坦尼克號」般的慘劇。

2. 那個被俘的士兵說，他所在的陣營準備大撤退，我軍的指揮官將信將疑。

恐怖 ☑　　恐佈 ☒

釋義： 由於生命受到威脅或殘害而恐懼。

辨析： 「怖」從心，是「心中恐懼」的意思，如：恐怖、陰森可怖等。

「佈」從人，意為「傳達」或「佈置」，如：佈告、佈局、佈陣等。

「恐怖」是一種心理狀態，自然要用「心」旁的「怖」，而與「佈」無關。

例句： 1. 我不喜歡看恐怖電影，裏面的一些血腥鏡頭讓我感覺不舒服。

2. 萬聖節我們在欣兒家開派對，有人提議一人講一個鬼故事，欣兒還特地事先準備了一些鬼片音樂，幫助渲染恐怖氣氛。

圓圈裏的字可以組成哪些詞語？把它們填在方格內。

故 職 弄 佈
玄 置 撤 虛
分 撒 辯 認
辨 辦 手 論

例：分辨

A. □□

B. □□

C. □□

D. □□

改一改

圈出下列句子中的錯別字，並在括號內改正。

1. 阿姨膽子很小，但又很喜歡看恐佈電影，每次看完電影都嚷嚷着說下次再也不看了，但下次有新片上映她照樣興致勃勃地去看！（　　）

2. 學校舉行慈善嘉年華，各個班在操場上擺起了攤子，售賣不同的物品。為了多招攬生意，同學們不顧害羞，個個大聲吆渴着。（　　）

3. 小藍和小白是一對雙胞胎姐妹，長得非常相像，從小除了家人外，外人很難分辦清兩姐妹。（　　）

4. 由老校友損贈的一批新實驗儀器今天運到了學校，校長開心地說這真是雪中送炭啊。（　　）

糟蹋 ☑　　糟塌 ☒

釋義：①浪費或損壞。②侮辱。

辨析：「蹋」從足部，在現代漢語裏只與「糟」組詞。「糟蹋」本義是指以腳踩物，比喻不珍惜、踐踏。

「塌」從土部，指物件倒下或下陷。如：倒塌。

「塌」沒有「踩、踏」的含義，所以這兩字不能混用。

例句：1. 糧倉最重要的工作之一就是做好預防鼠害的工作，不然的話每年都會被老鼠糟蹋掉很多糧食。

2. 哥哥是個「走音天王」，一次我在聽廣播時，他跟着裏面的樂曲開始唱起來，嚇得我趕快阻止他：「這首歌很美的，你不要把它給糟蹋了！」

贗品 ☑　　膺品 ☒

釋義：偽造的東西。

辨析：「贗」從貝，解釋為「偽造的」。凡是偽造的文物，就叫做「贗品」。

「膺」從月（肉部），是胸的意思。由這個字組成的成語「義憤填膺」，即為正義的憤怒填滿心胸之意。

「贗」和「膺」都是形聲字，寫法很相似，一不留心就會寫錯。

例句：1. 這條街舊時專做古玩生意，可是隨着名氣遠揚，做古玩生意的人越來越多，難免有一些贗品混雜其中，所以一定要仔細觀察再出手。

2. 這件被眾人認為是價值連城的古物，沒想到只是一件贗品。

編輯 ☑　　編緝 ☒

釋義：對資料或現成的作品進行彙編、整理和加工；從事編輯工作的人也叫做「編輯」。

辨析：「輯」的意思是收集、彙編，如：輯錄、編輯等。

而「緝」則指搜捕，如：通緝、緝捕。

例句：1. 從這學期起，我加入了校報編輯部，當上了一名小編輯。

2. 這部字典是由三位學者編寫的，我們出版社做的只是編輯工作。

妨礙 ☑　　防礙 ☒

釋義：使事情不能順利進行，即阻礙。

辨析：「妨」有「阻礙」的意思，如：妨礙、妨害、不妨、何妨等。

「防」可解釋為「防備、防守」。

「妨礙」與防備、防守無關，所以不要誤寫為「防礙」。

例句：1. 在教室裏大聲說話，會妨礙別的同學學習。

2. 這個大櫃子不要放在走道裏，以免妨礙大家走路。

博取 ☑　　搏取 ☒

釋義：用言語、行動取得信任或重視。

辨析：「博」除了有「廣博、淵博、賭博」等意思外，還可以解釋為「換取」，如：博笑（換取一笑）。

而「搏」卻解釋為：①撲打，如：搏擊、肉搏。②跳動：搏動、脈搏。

「博取」的「博」是「換取」的意思，不可以寫成「搏」。

例句：1. 這名喜劇演員先天條件並不好，他靠誇張的肢體動作，來博取觀眾的喜愛。

2. 他向我們敘述他的感冒時，故意誇大病情來博取大家的同情心。

踴躍 ☑　　湧躍 ☒

釋義：①跳躍。

②形容情緒激烈，爭先恐後的樣子。

辨析：「踴」從足，本義是「跳」；「躍」也是「跳」，「踴躍」是兩個同義字的組合。

「湧」從水，本義是「水往上冒」，如：淚如泉湧。後來也用來形容雲氣翻騰上升，如：風起雲湧。

所以，從詞義上看，「踴躍」是不可能寫成「湧躍」的。

例句：1. 一聽說復活節假期學校要組織去大嶼山露營，同學們即刻踴躍歡呼起來。

2. 我班的同學都很喜歡運動，一聽說學校要開運動會，大家立刻踴躍報名。

在正確詞語前的方格內加√。

1. 妹妹有一個很不好的習慣，一碰到不順心的事情，就（□淚如泉踴 □淚如泉湧），以此來（□搏取 □博取）大家的同情。

2. 古玩市場近期出現了一個以假亂真、專門售賣古玩（□膺品 □贋品）的團夥，警方目前正在全力以赴地（□緝捕 □輯捕）這些不法之徒。

3. 爸爸一直說哥哥頭腦簡單，經常（□分辯 □分辨）不清是非，對此哥哥始終不服氣，一說到這個話題，父子兩人就會（□辨論 □辯論）不休。

4. 那個一直演正派角色的男明星，在新片中一改戲路，扮演了一名（□恐佈 □恐怖）分子首領，帶領手下大開殺戒，（□殺戮□殺戳）了不少無辜平民。這個角色形象為這名男明星帶來了不少爭議。

5. 每次家中大掃除，祖父總是非常勤快地搶着幹活，但次次都會打爛點什麼，以致現在大家一看到祖父要幹家務活，都會跟他開玩笑說：「求求你不要再（□糟蹋 □糟塌）東西了，您這樣反而（□防礙 □妨礙）大家幹活。」

6. 由於負責官員的失職，一幢具有很高歷史價值的老屋被拆除了，事件在媒體上曝光後，市民們（□義憤填贋 □義憤填膺），要求將負責的官員（□撤職 □撒職）查辦。

惋惜 ☑　　婉惜 ☒

釋義：對他人的不幸遭遇或事物的意外變化表示同情、可惜。

辨析：「惋」是歎惜的意思。

而「婉」表示說話委婉、溫和的意思，如：婉轉、婉言、婉謝。

「惋惜」與「委婉、婉轉」無關，所以不宜寫為「婉惜」。

例句：1. 他因病而錯失了參加決賽的機會，大家都替他感到惋惜。

2. 爸爸惋惜地看着地上被媽媽打碎的進口花瓶。

肄業 ☑　　肆業 ☒

釋義：（學生）沒有達到畢業年限或程度而離校停學。

辨析：「肄」只能構成「肄業」這個詞，特指在學校讀書，卻因為某種原因而沒有讀到畢業。

由於「肄」與「肆」字形很像，有些人經常會搞混。其實「肆」有以下幾個含義：①中文數字「四」的大寫。②店舖：酒樓茶肆。③放縱：肆意、肆無忌憚。

例句：1. 大二時，他和幾個同學決定棄學創業。所以直到現在雖然他的事業取得了極大的成功，但他的最高學歷仍然只是大學肄業。

2. 當年爺爺由於家境貧寒，無法籌措學費，所以無奈只得從中學肄業，這成為爺爺心中永遠的遺憾。

皺紋 ☑　　縐紋 ☒

釋義：皮膚或物體表面形成的一條條凹凸不平的條紋。

辨析：「皺」從皮，指皮膚上的摺紋，也泛指物體表面的摺紋。「皺」也可以用作動詞：弄皺、皺眉頭。

「縐」從糸，專指縐紗（一種質地細薄，並有摺紋的紡織品）。

從字義來看，這兩字有明確的分工。

例句：1. 隔壁阿婆非常注意養生，雖然已七十多歲了，卻依然腰背筆挺，臉上沒有幾道皺紋，遠遠望去像才五六十歲。

2. 姐姐的男朋友說了一個笑話，惹得姐姐捧腹大笑，邊笑還邊說：「你不要再說了，再笑下去我都要笑出皺紋來了。」

嚮導 ☑　　　響導 ☒

釋義：帶路；帶路的人。

辨析：「嚮」通「向」，作為「向着、引向」解釋，由此引申出「指引」的意思。嚮導原先是寫作「嚮道」的，即指引道路，後來才改寫成「嚮導」並沿用下來。

「響」是聲音、音響，如：響聲、巨響、影響等。

例句：1. 媽媽是個「超級路盲」，出門都要靠他人做嚮導，才能順利地找到目的地。

2. 今天班級去郊野公園春遊，正巧上兩周爸爸媽媽剛帶我去過，於是我自告奮勇當起了嚮導，帶着同學們好好玩了一通。

列舉 ☑　　　例舉 ☒

釋義：一個一個地舉出來。

辨析：「列」指行列，也可作「列出、陳列」解釋。「列舉」即是「一個一個舉出來」，作動詞用。

「例」是「例子」，作名詞用。可以說「舉例」，卻不可以說「例舉」，「例舉」沒有任何意義。

例句：1. 我要參加學校的遊學團，但媽媽不同意，爸爸見狀便說：「這樣吧，你們兩個人各自在紙上列舉幾條理由，說明為什麼要參加以及為什麼要反對。」

2.「這篇文章裏列舉的四個奇妙的例子，它們是真的嗎？」弟弟一臉好奇地問。

陪伴 ☑　　　倍伴 ☒

釋義：隨同作伴。

辨析：「陪」有「隨同」或「輔佐」的意思，如：陪同、陪客、陪審團。

「倍」卻指「加倍」，如：百倍努力、勇氣倍增、事半功倍。

所以從以上字義看，「陪」和「倍」湊在一起是沒有意義的。

例句：1. 在爸爸媽媽和好朋友的陪伴下，小然過了一個幸福美好的生日。

2. 我陪伴第一次來香港的幾位大哥哥、大姐姐去了海洋公園。

下面的迷宮按正確的詞語走才能走出去，試着走一走。

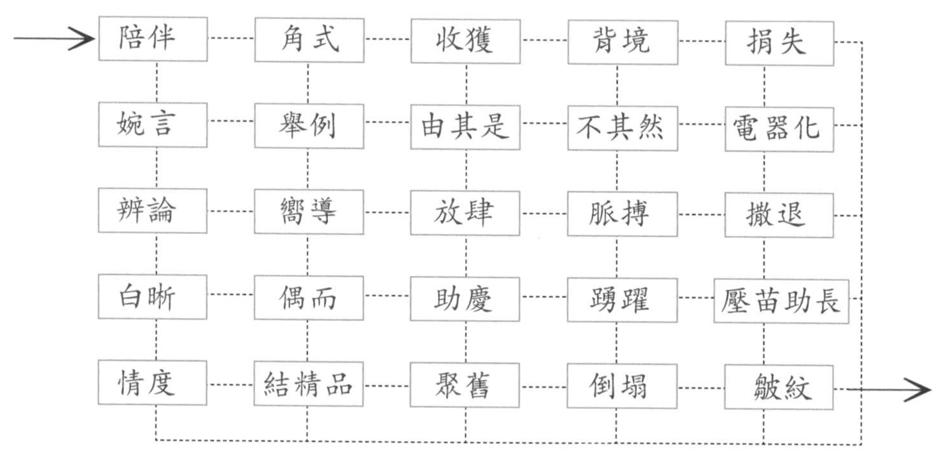

下面句子中應該填入哪一個詞語？把正確答案的代表字母填在括號內。

1. 我一向成績優異，這次考試成績卻不理想，媽媽（　　）地說：「下次認真點吧。」

   A. 愁苦　B. 抱歉　C. 惋惜　D. 婉言

2. 不要（　　）地大聲喧嘩，這裏是教室。

   A. 歡呼雀躍　B. 不擇手段　C. 貿貿然　D. 肆無忌憚

3. 他（　　）了幾條理由，說明為何對這個項目不感興趣。

   A. 舉例　B. 列舉　C. 建議　D. 比喻

璀璨 ☑　　璀燦 ☒

釋義：形容光彩鮮明。

辨析：「璀璨」是雙聲連綿字（即兩個字的聲母相同），常用來形容珍珠或美玉的晶瑩光彩。如：璀璨的珍珠。

「燦」只能構成「燦爛」這個詞。「燦爛」是疊韻連綿字（即兩個字的韻母相同），常用來形容事物的光彩鮮明耀眼。如：燦爛的陽光、燦爛的星空。

「璀璨」和「燦爛」的區別在於：前者用來形容本身並不發光的物體，而後者則用於形容本身能夠發光的物體，而且其光芒耀眼的程度要比「璀璨」厲害得多。

例句：1. 入夜，從太平山頂望下去，璀璨的維港兩岸景色盡收眼底。

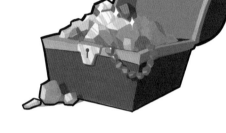

2. 她手上的鑽戒閃爍着璀璨的光芒。

火併 ☑　　火拼 ☒

釋義：同夥自相殘殺、併吞。

辨析：按古時候軍隊的編制，五人編為一「伍」，兩個「伍」共同起火做飯。同在一起生火做飯的朋友，便稱為「火伴」（後來改寫為「伙伴」）。後來，「火伴」詞義擴大，同在一個軍隊裏服役的隊友都可互稱「火伴」，由這個詞延伸開來，軍隊裏同伙決裂、自相殘殺吞併，就叫做「火併」。

而「拼」可以組成以下的詞：拼音、拼圖、拼圖等。從上面的字義看，顯然沒有「火拼」這樣的詞。

例句：1. 這個導演擅長拍黑幫片，他最新拍攝的講述黑社會內部火併、「黑吃黑」的電影，被提名金像獎最佳影片。

2. 這個社區的治安現在好多了，以前暴力組織橫行，竟然還發生過當街火併的惡性事件。

寒暄 ☑　　寒喧 ☒

釋義：指人們見面時，說些有關天氣冷暖和飲食起居之類的應酬話。

辨析：「暄」從日，解釋是陽光溫暖。「寒暄」指的是天氣冷、暖方面。人們見面閒聊，一般是從天氣開始聊起。見面時說的這套應酬話，就叫做「寒暄」。

「喧」從口，形容大聲、吵鬧聲，如：喧嘩、喧鬧、喧囂等。

「寒暄」當然與聲音大小無關，所以不應寫成「寒喧」。

例句：

1. 週日和媽媽一起上街，遇到了好久不見的舊鄰居，大家寒暄幾句就分別了。
2. 張先生與客戶見面後稍微寒暄後，就轉入了正題。

清晰 ☑　　清淅 ☒

釋義：指清楚。

辨析：「晰」從日，形容事物清楚。

「淅」從水，是象聲詞，「淅淅瀝瀝」常用來形容小雨的聲音。

例句：

1. 他的英語發音清晰、準確，可惜語調稍微差了一點。
2. 現在的高清電視，放映出來的影像真是清晰無比。

輕佻 ☑　　輕挑 ☒

釋義：形容言行、舉止不莊重、不嚴肅。

辨析：「佻」解釋為「輕薄、輕浮、不莊重」，它所構成的詞語，也都是包含這些方面意思的貶義形容詞，如：輕佻。

「挑」是動詞，由它構成的動詞很多，如：挑選、挑動、挑唆等。

「挑」不是形容詞，也沒有「輕薄、輕浮、不莊重」的含義，所以「輕佻」不可以寫成「輕挑」。

例句：

1. 隔壁大宅幾乎每個週末都會開派對，出入的青少年衣著暴露、舉止輕佻。
2. 小姨帶回來的男朋友遭到了全家人一致的反對，家人都認為那人個性輕佻，不是穩妥之人。

一. 根據以下偏旁的圖案提示，在括號內填上字並組詞。

1.

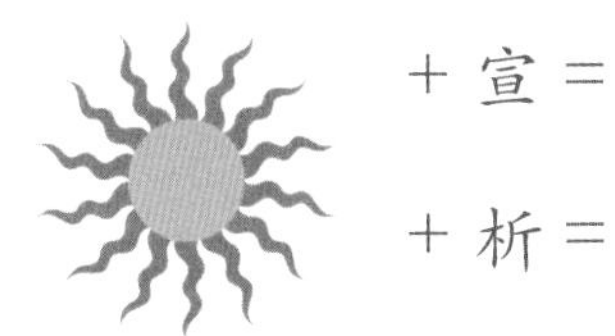

＋宣＝（　）（　　　）

＋析＝（　）（　　　）

2.

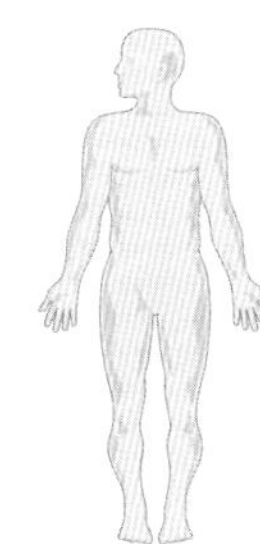

＋兆＝（　）（　　　）

＋并＝（　）（　　　）

二. 圈出下面段落中的錯別字，並在括號內改正。

1. 今晚天氣不好，雨一直晰晰瀝瀝地下個不停，我們一家陪着第一次來港的爸爸的朋友，在暄鬧的尖沙咀欣賞夜景。爸爸的朋友直嘆天不作美，可惜了維港兩岸的璀燦景色。

（　　　）（　　　）（　　　）

2. 李先生出身貧寒，但卻憑着一股不認輸的精神，一路佻戰自己，創業沒幾年就呑拼了幾家公司。在慶祝新公司成立的晚會上，李先生說最感恩有家人和老同事一直倍伴在自己身旁。

（　　　）（　　　）（　　　）

偏袒 ☑　　偏坦 ☒

釋義：袒護雙方中的一方。

辨析：「袒」的意思是裸露上身某些部分。「偏袒」這個詞來自以下典故：漢高祖劉邦死後，呂后當權，培植呂姓勢力。呂后死後，太尉周勃奪取呂氏的兵權，在軍中對眾人說：「擁護呂后的右袒，擁護劉氏的左袒。」軍中都左袒。呂姓勢力很快就被剷除了。所以，後世凡事在爭鬥的雙方之中偏護一方的，就叫「左袒」，後來延伸為「偏袒」、「袒露」。

「坦」形容平，如：平坦、坦途；又比喻內心安定，如：坦然；還指坦白，如：坦率、坦蕩。

從以上的典故看，「坦」與「偏」不能組詞，「偏坦」沒有意義的。

例句：
1. 我和哥哥有時候為了小事吵架，媽媽從來不偏袒任何一方，而是就事論事，盡量讓我們自己解決矛盾。
2. 今天電視上轉播的籃球決賽，事先被認為是奪冠大熱門的客隊輸了，賽後網上有議論說裁判好像有偏袒主隊之嫌。

倉皇 ☑　　倉惶 ☒

釋義：匆忙而慌張，形容極度慌張的樣子。

辨析：漢語中有一種詞叫「連綿詞」，從字面很難看出它與詞義有什麼有機聯繫，碰到這類字，唯有死記，避免誤寫。連綿詞分為兩類：

① 雙聲詞（聲母相同），如：唐突、流連、參差、陸離、淋漓等。

② 疊韻詞（韻母相同），如：倉皇、堂皇、荒唐、蹉跎、從容等。

「倉皇」即屬於以上所說的「疊韻詞」。

而「惶」這個字，以它構成的詞常用的只有三個：驚惶、惶恐、惶惶不可終日。

例句：
1. 小狗把婆婆新買的沙發靠墊咬了大洞，婆婆剛想教訓牠，機靈的小狗見勢不妙，倉皇逃進了房間裏，躲在床底下，婆婆反而被惹笑了。
2. 夜市上，有人用新花瓶冒充古董花瓶，被揭穿後倉皇而逃。

彆扭 ☑　　彆扭 ☒

釋義：①不順暢，看着（聽着）不順心。②意見不投合。③不自然、拘謹。

辨析：「彆」從「弓」，構成的詞只有「彆扭」。

「蹩」從「足」，構成的詞只有「蹩腳」和「蹩腳貨」。「蹩腳」原指跛足，口語中常用「蹩腳」比喻質量差或本領低，又把沒本事的人謔稱為「蹩腳貨」。

例句：1. 這句話雖然文字上沒毛病，但讀上去總覺得彆扭。

2. 可欣和思思在班上是最好的好朋友，今天兩人竟然為一句話鬧起了彆扭。

躋身 ☑　　擠身 ☒

釋義：使自己上升到（某種行列、位置）等。

辨析：「躋」是文言語詞，意思是「登、升」。「躋身」比喻地位已經上升到某一位置、階層等，如：躋身政界、躋身文壇等。

「擠」指擁擠。

有人誤以為「躋身」是擠進某個行業裏去的意思，所以會誤寫為「擠身」。

例句：1. 馬友友早已躋身為世界屈指可數的一流大提琴家。

2. 李先生躋身政界之後，就跟原來一班文化界的朋友慢慢疏遠了。

船艙 ☑　　船倉 ☒

釋義：船內載人或裝貨的地方。

辨析：「艙」和「倉」都指收藏東西的地方。「艙」字從舟，原先指船裏裝貨或載客的地方；後來發明了飛機，就連飛機上裝貨或載客的地方也叫做「艙」。

由「倉」組成的「倉庫」則是儲藏貨物的建築物。

例句：1. 遊輪一開到公海，遊客們紛紛從船艙裏走出來，欣賞起一望無際的大海來。

2. 海關執法人員下到船艙，只見裏面塞滿了各類走私物品，數額之大為近年來罕見。

選出適當的字，填在方格內。

皇 煌 惶

1. 自從小老鼠得知這附近來了一隻兇惡的貓之後，整天☐恐不安，就怕那隻貓突然出現在自己身後。

2. 美國的拉斯維加斯有「不夜城」之稱，入夜後整座城市燈火輝☐，處處流露出繁華的氣息。

濟 躋 擠

3. 爸爸的中學老師八十大壽，歷屆學生☐☐一堂，向她拜壽，共同歡度這個喜慶的日子。

4. 今天地鐵好像出故障了，遲遲不來一輛。好不容易有輛車進站了，乘客一擁而上，我為了不遲到，也只好奮力☐了進去。

坦 袒 但

5. 小文性格內向，很少與人主動交流。今天下午她一反常態，主動☐露了很多心思。

6. 她發現對方笑得那樣☐率、自然，不禁產生了信任感。

彆 鱉 憋

7. 游水教練說，☐氣是學會游水最基本的一步，基礎打好了，接下來就可以學習各種泳姿了。

8. 在宴席上，如果同桌的是一群陌生人，很多人都會感到☐扭、不自在的。

寬敞 ☑　　寬敝 ☒

釋義：寬闊廣大。

辨析：「敞」的本義是「沒遮攔、寬綽」的意思，所構成的常用詞「寬敞」用來形容場地的寬敞、廣大。「敞」也可以作「張開、打開」解釋，如：敞開大門、敞篷汽車等。而「敝」則常作謙辭用，如：敝人、敝校等。「敝」沒有「寬綽」的字義，所以不可能組成「寬敝」這樣的詞。

例句：1. 舅父家喬遷新居，新屋比舊屋寬敞好多，所以搬屋沒多久，他就請我們一家大小上門做客。

2. 紅磡體育館場地寬敞，可容納一萬二千多名觀眾。

蔑視 ☑　　篾視 ☒

釋義：輕視、小看。

辨析：「蔑」是形容詞，原義是形容「目不明」。「輕蔑」是指在與人交往中，不把對方看在眼裏，就像是「目不明」，看不見人似的。

「篾」從竹，所構成的詞全都與竹片有關，如：篾片、篾席、篾條等。

比較了「蔑」和「篾」的字義，就不會把「蔑視」寫成「篾視」了。

例句：1. 她把我的話當成耳邊風，臉上露出蔑視的神情。

2. 不管怎麼說，我覺得你們用這種蔑視的態度對待他，是很不尊重人的行為。

繁殖 ☑　　繁植 ☒

釋義：生物產生新的個體，以傳代。

辨析：「殖」有「生息、繁衍」的意思，如：繁殖、生殖、殖民。

「植」則是「栽種」的意思，如：種植、培植、移植、植樹。

「繁殖」與「生息、繁衍」有關，所以應該用「殖」而不可以用「植」。

例句：1. 香港春天的空氣濕度非常高，細菌最容易在這種溫暖潮濕的環境中繁殖，所以我們一定要注意衞生，以免損害健康。

2. 這本書細緻描寫了昆蟲的生活習性、繁殖和捕食的方式，向讀者展現了一個奇妙的昆蟲世界。作者寫得生動有趣，讀者讀得興趣盎然。

籠絡 ☑　　攏絡 ☒

釋義：用手段拉攏人，使他們為自己所用。

辨析：「籠」和「絡」都是用來羈勒牲口頸部的器具，「籠絡」活用作動詞，就有「羈勒牲口」的意思，比喻用手段拉攏他人，以便駕馭他們。

「攏」作動詞用，可以解釋為「合上」，如：合不攏嘴。還可以解釋為「靠近」，如：拉攏、靠攏。

「拉攏」直解就是「把人拉近自己」，比喻用手段使別人靠攏到自己方面來。

這兩個字字義相近，但不能混用。

例句：

1. 陳同學為了競選班委，竟然用小手段籠絡幾名同學給他投票，老師發現後對他進行了嚴肅地批評。
2. 新來的經理為了盡快推進工作，上任伊始就公佈了幾條公司福利，同事們私下裏說他是「小恩小惠，籠絡人心」。

姍姍來遲 ☑　　珊珊來遲 ☒

釋義：形容不慌不忙來得很晚。

辨析：「姍姍」原來是形容女子走路時步履輕盈、緩慢從容的樣子，後來使用範圍也擴大到形容男子。

「珊珊」原是象聲詞，形容佩玉相碰的聲音。在現代漢語中，「珊」只能與「瑚」組詞。

例句：

1. 阿玉是出了名的「遲到大王」，這不，電影都開場了，她才姍姍來遲。
2. 新的一年，希望你改正每次開會都要姍姍來遲的壞習慣，學會時間管理。

一.下面着色的字表示甚麼意思？圈出正確答案的代表字母。

1. 籠絡人心	A. 靠近	B. 拉攏他人	C. 合攏
2. 輕蔑	A. 傲慢	B. 高看一眼	C. 輕視
3. 敞開心扉	A. 打開	B. 痛快	C. 敞亮
4. 姍姍來遲	A. 優雅地行走	B. 玉石相撞的聲音	
	C. 緩慢從容		

二.選出正確的答案，填在句子中的橫線上。

珊　攏　殖　篾　敞　敝　蔑　姍　植　穫　獲

1. 昨天老師帶我們去農場進行農業實踐活動，在種____園裏，我們親手嘗試種下了一批菜種；在養____池裏，農藝老師示範如何餵養魚苗，這個活動讓我們感到大有收____。

2. 張伯伯是個老派的紳士，和人說話非常客氣，張嘴就是：「____人認為……」

3. 在新片首映禮上，所有嘉賓都按時前來，只有那名大明星________來遲。一見大明星出現，活動負責人立刻笑得合不____嘴，殷勤地上前迎接。

4. 公司的劉經理最擅長____絡人心，可時間長了，同事們對他的行徑了如指掌，反而遭來同事們的____視。

分析 ☑　　分釋 ☒

釋義：把一件事物分成幾個部分，找出它們的本質特性和相互之間的聯繫。

辨析：「析」有「分」、「解」的意思，如：分析、剖析、辨析等。

「釋」指解釋，如：注釋、詮釋等。

「析」多少也有「解釋」的含義，但它強調的解釋的辦法是「先把事物的整體分成幾個部分，然後再找出其本質特性和之間的聯繫」。

例句：1. 今天中文課，老師挑選了幾篇我們上一堂的作文，細緻地進行了點評和分析。

2. 這個影評家對目前這部爭議紛紛的電影的分析十分中肯。

箇中 ☑　　個中 ☒

釋義：其中。

辨析：「箇」常用語書面語，特指「這個」或「那個」，「箇中」即「此中」的意思。有些字典上註明，「箇」是「個」的異體字，但「箇中」這個固定搭配卻只能用「箇」，而不能用「個」。

例句：1. 做藝人看上去很風光，箇中的辛苦外人卻很少知道。

2. 這樣一條重要新聞，竟然在三個月之後才由一家報紙獨家披露出來，箇中內幕實在令人猜疑。

以及 ☑　　與及 ☒

釋義：連接詞，和「與」、「和」的意思相同。

辨析：「以及」是現代漢語裏常見的虛詞，在句子中起連接作用，可以連接並列的詞或詞組。

「與」和「及」是古漢語裏的虛詞，在句中也起連接作用。

但「與」和「及」不可以組合構詞，「以及」是一種固定搭配，但「與及」卻沒有這樣的寫法。

例句：1. 出席今天開學典禮的，有校長、教師、學生以及家長代表。

2. 運動會上，我班同學積極參與，短跑、長跑、跳高、跳遠以及鉛球等，各個項目中都可以看到他們活躍的身影。

氣概 ☑　　氣慨 ☒

釋義：在對待重大問題上表現出的態度、舉動或氣勢。

辨析：「概」有兩項解釋：①「大略」，如：大概、概括。②「神氣」，如：氣概。

「慨」則是表述人的內心激憤或感歎的情緒，如：感慨、憤慨等。

「氣概」所表述的着重於人的外表情狀，「慨」則側重於內心情緒，所以不宜寫為「氣慨」。

例句：1. 這首詞表達了詩人氣吞山河的氣概。

2. 電視裏正播放的一檔真人秀節目，讓幾名男子在沒有後援的情況下，去荒野求生，以向觀眾們顯示他們的男子漢氣概。

陪襯 ☑　　陪趁 ☒

釋義：附加其他事物，使主要事物更加突出。

辨析：「襯」原是衣服、鞋、帽子中的裏布，後來引申解釋為「襯托、映襯」。

「趁」卻指「利用機會」，如：趁熱打鐵、趁火打劫等。

「陪襯」是從旁襯托的意思，其中的「襯」不應寫為「趁」。

例句：1. 紅花雖好，也要綠葉陪襯。

2. 這幅畫的主景是海上日出，還畫了一些雲彩做陪襯。

敷衍塞責 ☑　　敷衍失責 ☒

釋義：工作不認真負責，表面應付。

辨析：「塞責」是搪塞責任的意思。

「失」是「失去」的意思，有一個詞語「失職」的意思為「沒有盡到植物範圍內應盡的責任」。也許是受到這個詞的影響，所以有人會把「塞責」寫成「失責」。但其實「塞責」是指一種工作態度、工作作風。「失職」則是已成事實的後果，所以不可混用。

例句：1. 嘉文對班上的事情，向來是能推就推、敷衍塞責，同學們對此意見很大。

2. 這件事情涉及到幾個機構，但各機構間卻互相推諉、敷衍塞責，所以幾個月過去了一點進展都沒有。

一．在圓圈內填上適當的字，完成詞語。

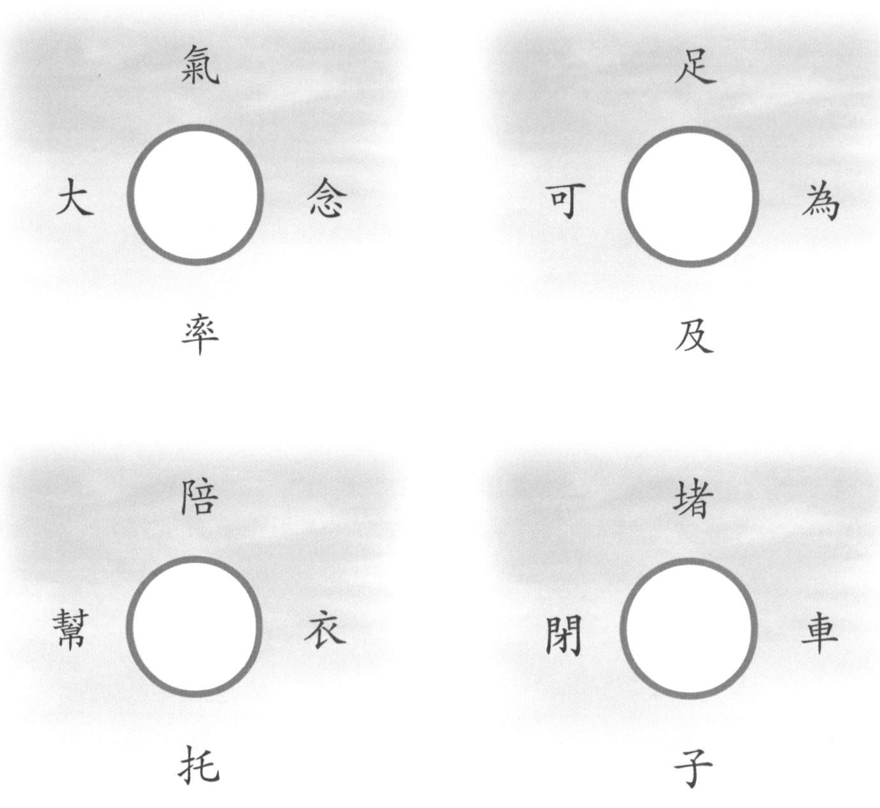

二．根據下面的字的提示，填上正確的字。

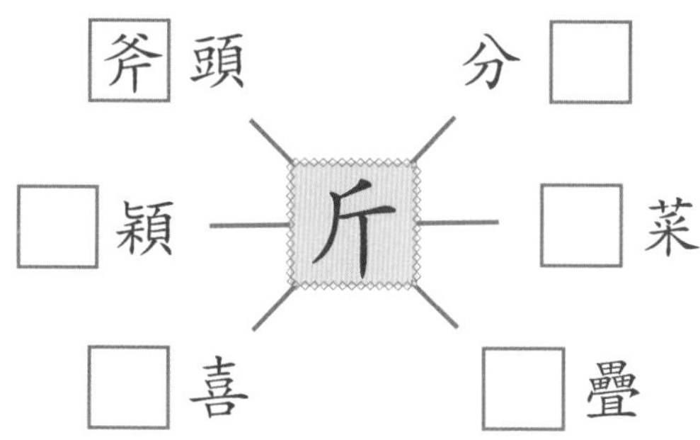

樞紐 ☑　　　樞鈕 ☒

釋義：事物相互連結的中心環節。

辨析：「樞」指門上的轉軸，「紐」指「紐扣」。「樞」和「紐」組詞，可以用來比喻事物相聯繫的中心環節。

「鈕」與「紐」通用，「紐扣」也可以寫為「鈕扣」，但「紐」可以組成「紐帶、樞紐」等引申作抽象意義解釋的詞語，「鈕」卻不可以。所以「樞紐」不可寫成「樞鈕」。

例句：1. 在不久的將來，這裏將成為城市重要的交通樞紐。

2. 經過幾十年的發展，香港一躍成為亞洲的交通樞紐和貿易中心。

膚淺 ☑　　　浮淺 ☒

釋義：淺薄。

辨析：「膚」指皮膚，由於皮膚很薄，因而引申形容認識或理解的淺薄，即「淺薄」。

「浮」是「浮沉」的浮，因為「浮」即停留在液體表面上，所以引申形容為表面的、不切實際的，如輕浮、浮名等。

從以上解釋看，「膚淺」不宜寫成「浮淺」。

例句：1. 伯父是個謙謙君子，常說自己對很多事物的看法很膚淺，其實他在專業上很有建樹，經常去世界各地開研討會。

2. 他在公開場合喜歡指手畫腳發表議論，但實際上卻暴露了自己的膚淺，其言論每每引人發笑。

修心養性 ☑　　　收心養性 ☒

釋義：通過自我反省，努力提高自己的修養。

辨析：「修」作為動詞，解釋為「修飾、裝飾」，「修心」即是「使心靈純潔」。「收心」指「收拾心緒」，「收心養性」從字面上也可以解釋得通，但「修心養性」是一個固定搭配的成語，不宜把它隨便改成「收心養性」。

例句：1. 祖父退休後，每天堅持練習書法，並誦讀古詩詞，以修心養性。

2. 這裏環境幽雅恬靜，是一個修心養性的好地方。

毆打 ☑　　　歐打 ☒

釋義：打人。

辨析：「毆」指「打、擊、捶」，以「毆」構成的詞語都與「打鬥」有關，如：鬥毆、毆打等。「毆打」一般指打得很兇、很重，輕打不能說「毆打」。

「歐」在現代漢語中只作譯音字用，如：歐洲、羅密歐等。不能與「打」組詞。

例句：1. 今天拍的這場毆打場景，由於事先做好了充足的準備工作，所以一次就拍攝成功，演員們也因此少吃了不少「苦頭」。

2. 昨天在酒店門口，一名外地遊客被幾個兇徒圍住毆打，警員趕到後這幾個兇徒才停手。

風塵僕僕 ☑　　　風塵撲撲 ☒

釋義：形容旅途勞累。

辨析：「僕」是名詞，指奴僕、僕人。「僕僕」是形容勞頓的樣子。

「撲」是動詞，指衝呀殺呀一類的動作，如：撲打、撲滅。

由於「僕僕」與「僕」的本義完全沒有聯繫，這也是造成誤寫的原因之一。

例句：1. 伯父風塵僕僕地從美國趕回來，就是為了和分別已久的家人一起團聚過年。

2. 看他的臉色，必定是一路風塵僕僕，備嘗辛苦。

逢場作戲 ☑　　　逢場作興 ☒

釋義：遇到機會，偶爾玩玩，湊湊熱鬧。

辨析：「作戲」即是演戲，亦泛指其他的雜耍表演。「逢場作戲」原指舊時跑江湖賣藝的藝人，一遇到有適合的表演場地，就開場表演。現指遇到某種場合，偶爾湊湊熱鬧。

從以上解釋看，顯然沒有「逢場作興」這樣的搭配。

例句：1. 張先生從來不打撲克，這次不過是逢場作戲，應酬一下客人而已。

2. 對於跳舞，我並沒有多少興趣，朋友相邀時，只好逢場作戲了。

在下列表格內填上適當的字或偏旁，完成四字詞語，並選出適當的詞語填在下面的橫線上。

A.		身	養	忄
B.	風	塵	亻	亻
C.	欠	亞	大	阝
D.	辶	場	作	
E.		高	采	烈
F.	見	識		淺
G.		光	扌	影
H.	收	拾		糹

1. 暑期我參加師生團外遊，各地風光各有特色，可惜就是時間太緊，只能 ______ 、走馬觀花一番。

2. 他們半夜到達這個小鎮，只休息了幾個小時，大清早就 ______ 地上路了。

3. 古人云：「行萬里路，讀萬卷書」。確實，旅行可以開拓人的眼界，增長見識，避免像井底之蛙那樣 ______ 。

4. 同學們正 ______ 地討論畢業旅行的事。

5. 土耳其的伊斯坦布爾是世界上唯一一座跨越 ______ 的城市，歐洲和亞洲兩大洲的分界線——博斯普魯斯海峽穿城而過。

不落窠臼 ☑　　不落巢臼 ☒

釋義：不落俗套。

辨析：「窠」和「巢」都是禽獸的棲息之所，相當於「窩」的意思，但意思還是有區別的：築在地上的窩叫「窠」；筑在樹上的窩叫「巢」。「臼」是舂米的器具，古代掘地為臼。

古人把「窠」和「臼」並提，拿它們來比喻現成的模式、老套子，可能因為「窠」和「臼」都在地面上，有比較具體的、牢固的模式。而「巢」是在樹上的，且易被風雨吹落，不太牢固，所以「窠臼」不能寫成「巢臼」。

例句：

1. 爺爺把我的畫作拿給他的一名畫家朋友看，畫家看後脫口而出：「不落窠臼，後生可畏！」
2. 這本書寫作手法新穎，不落窠臼，創造出了一個全新的東方神話故事。

叨陪末座 ☑　　叼陪末座 ☒

釋義：陪坐在席中最末的座位上，這是受人宴請的客氣話。

辨析：「叨」在這個詞中是多音字，音 tāo，意思是「受到（好處）」。「叨陪末座」就是說承受了別人的好意，得以陪侍在最末（卑）的座位上（即自謙身份不夠）。

「叼」解釋為「用嘴銜着」。「叨」和「叼」聲旁很相似，所以經常會被混淆。

例句：

1. 上週詩社舉行研討會，周老師在發言前先自謙道：「今天名家雲集，小弟不才，有幸叨陪末座。」
2. 近日城中有名的富豪做壽，賓客雲集，來者非富即貴，一般的客人只有叨陪末座的待遇了。

難不倒 ☑　　難不到 ☒

：「難不倒」是「難倒」的否定式，「難倒」的意思是使人無法解決或辦成事情。那麼「難不倒」顯然就是無法把人難倒了。

辨析：「倒」放在動詞後面，可以解釋為「被（難題）困住，無法解決」，如：問倒、考倒等。這類詞都可以有否定式。

明白了以上動詞後「倒」的用法，就不會把「難不倒」寫成「難不到」了。

例句：1. 安迪是我們班上數學最好的一個，老師出的題幾乎都難不倒他。

2. 這個問題可難不倒我，因為我剛剛才看到一篇文章裏提到過！

老奸巨猾 ☑　　老奸巨滑 ☒

釋義：老於世故，狡詐狡猾。

辨析：「猾」是傳說中的一種狡詐的野獸，引申形容人狡詐。

「滑」原形容光滑、平滑，引申形容浮而不實。

「猾」和「滑」都可以用來形容人的品質，但在程度上有差異。「猾」的惡劣程度較重，「滑」的程度較輕。「老奸巨猾」當然只有用「猾」才夠形容「老奸」狡猾的程度。

例句：1. 他是名出色的演員，擅長扮演反面角色，特別是一些老奸巨猾的角色非他莫屬。

2. 這個詐騙嫌疑犯老奸巨猾，要套出他的話可不容易。

成績斐然 ☑　　成績裴然 ☒

釋義：成績顯著。

辨析：「斐」本義是五色相錯的意思，「斐然」引申比喻文辭多彩或人有才華，如：文采斐然；也比喻名聲、成績顯著，如：成績斐然、聲譽斐然等。

「裴」在現代漢語裏只作姓。

顯然，「成績斐然」不能寫為「成績裴然」，因為「裴」只能用作姓。

例句：1. 林博士服務天文台三十年，成績斐然。

2. 新校長上任以來，成績斐然，顯示出非凡的管理才能。

在方格中填上適當的字，完成詞語。

1. 猾　滑

□頭　老奸巨□　狡□　圓□　平□

2. 斐　蜚

成績□然　流言□語　□然成章　□聲中外

3. 竄　巢

傾□而出　不落□臼　□巢　鳥□

築□

4. 倒　到

面面俱□　排山□海　難不□　先來後□

翻箱□櫃　初來乍□　本末□置　□此為止

東□西歪　獨□之處　顛□是非　恰□好處

神魂顛□　馬□成功　□打一把　從頭□尾

意想不□　□背如流　水□渠成　顛三□四

井井有條 ☑　　整整有條 ☒

釋義：形容條理分明。

辨析：「井井」形容整齊；而「整整」指達到一個整數的，如：整整三年時間。「井井有條」屬於約定俗成的詞語，所以無法用其他字來替代。

例句：1. 中文老師對我新寫的作文很滿意，評價道：這篇文章層次清楚、敘事井井有條，如果語言再優美一些，那就更出色了。

2. 這次家裏新請的家務助理特別勤快，一來就把屋子收拾得井井有條。

高潮迭起 ☑　　高潮疊起 ☒

釋義：高潮一次又一次地出現。

辨析：「迭」解釋為「多次」，「高潮迭起」的意思是高潮多次出現。

「疊」指堆疊，「疊起」即堆疊起來。

有人誤以為「迭」是「疊」的簡寫，所以就把「高潮迭起」寫成「高潮疊起」，這是誤解。「迭」和「疊」是兩個規範的各具獨立意義的字，不能混用。

例句：1. 這部電影前半部分較為沉悶，後半部分卻高潮迭起，精彩紛呈。

2. 昨天的學校大匯演演員們各展神通，整台演出高潮迭起，精彩不斷。

針砭時弊 ☑　　針貶時弊 ☒

釋義：針對當前的不良現象進行批評。

辨析：「砭」是石針的意思。古人以金屬針和石針（砭）刺人的經絡來治病，所以「針砭」引申解釋為「批評、規勸」，如：針砭時弊、痛下針砭。

「貶」與「褒」相對，意思是「給予不好的評價」，如：貶斥、褒貶。

「針」和「砭」都是治病的針，因而這兩個字合起來可以比喻「規勸、批評」，但「針」和「貶」組詞卻毫無意義。

例句：1. 這位雜文作家常以犀利、辛辣的文筆針砭時弊。

2. 當年美國喜劇大師卓別林因拍攝了一些針砭時弊的電影，而成為美國聯邦調查局的調查對象。

蛛絲馬跡 ☑　　蛛絲螞跡 ☒

釋義：比喻與事情根源有聯繫的不明顯的線索。

辨析：「蛛絲」是指蜘蛛細微的絲形，「馬跡」是指隱約可辨的馬蹄印跡，用來比喻隱約可尋的線索和跡象。

從以上解釋看，顯然「馬跡」是指馬蹄的印跡而不是螞蟻爬行的痕跡，所以「馬跡」不可以寫成「螞跡」。

例句：

1. 我和嘉美最喜歡玩的遊戲就是扮演偵探和兇手，就是一人從另一人留下的蛛絲馬跡中找出「嫌犯」。
2. 經過深入細緻的調查，警員終於找到了一些破案的蛛絲馬跡。

無關痛癢 ☑　　無關疼癢 ☒

釋義：比喻無關緊要。

辨析：「痛」和「疼」都可以指由於疾病或創傷等引起的難受的感覺。

只不過，在口語中常用「疼」，而一些帶有書面語色彩的詞（尤其是成語），就只能寫為「痛」，如：痛楚、痛楚、痛定思痛、痛心疾首等。「無關痛癢」也是書面語詞，自然不能寫成「無關疼癢」。

例句：

1. 這件小事無關痛癢，你根本不用去理會它。
2. 十句無關痛癢的話，不如一句真知灼見。

鬼鬼祟祟 ☑　　鬼鬼崇崇 ☒

釋義：形容行為不光明正大，偷偷摸摸。

辨析：「祟」指鬼怪。「崇」原指山高，如：崇山峻嶺；又引申解釋為「尊敬」，如：尊崇、推崇、崇敬等。

「祟」、「崇」音義都不同，只是字形酷似，所以經常有粗心的人寫錯。

例句：

1. 聽說隔壁班轉來了一名小童星，下課後我和小儀就跑去偷看，還沒當我們兩個看清楚，就聽到身後傳來老師的聲音：「你們兩個人鬼鬼祟祟地在人家班級門口看什麼？」
2. 警員見到三名男子在銀行門口鬼鬼祟祟地張望着什麼，立即上前查問。

根據提示，將下面的成語補充完整。

1.	鬼				（行為不光明正大）
2.			有		（條理分明）
3.				弊	（針對當前不良現象進行批評）
4.	無				（無關緊要）
5.	高				（高潮一次又一次地出現）
6.		絲			（事情所留下的隱約可尋的痕跡和線索）

選出正確的答案，填在句子中的橫線上。

1.「我就一次考得不好，你怎麼就嘮_____（叨 叻）個沒完了？」小明生氣地對媽媽說。

2. 我站在山頂駐足眺望遠處的_____（祟 崇）山峻嶺，深深地體會到了什麼叫做「站得高望得遠」。

3. 見到孩子到處惹事不學好，張先生_____（疼 痛）心疾首，自疚萬分。

4. 對那位息影多時的女影星這次復出拍的電影，人們起先期望值很高，但到影片上映後，人們的評價卻是褒_____（貶 砭）不一，所以很難說她的這次復出成功與否。

煥然一新 ☑　　換然一新 ☒

釋義：鮮明光亮，氣象一新。

辨析：「煥」從火，形容鮮明光亮的樣子。

「換」則是「交換、變換」的意思。

顯然，這兩個字的字義完全不同，不能混用。

例句：1. 為了佈置聖誕派對，全班同學都行動起來，沒多久整間教室被「打扮」得煥然一新，充滿了喜慶氣氛。

2. 爸爸媽媽終於說服了公公重新裝修舊屋。裝修後的屋子走進去感覺煥然一新，住在裏面也覺得精神爽利了許多。

街頭漫步 ☑　　街頭慢步 ☒

釋義：在街上漫無目的地行走。

辨析：「漫步」的「漫」強調無目的、隨意地行走，而「慢步」的「慢」則強調速度不快。

所以「漫步」是為了強調無目的、隨心所欲地、自由自在地行走。

而「慢步」是走得慢，但不等於無目的地行走。

例句：1. 休息天晚上我和家人飯後散步，正好碰到以前的鄰居也在街頭漫步，兩家人停下來聊了好一會兒才各自分開。

2. 聖誕夜我約了朋友在尖沙咀街頭漫步， 一路欣賞着聖誕燈飾。

聲嘶力竭 ☑　　聲嘶力揭 ☒

釋義：形容竭力呼號、叫嚷。

辨析：「竭」是「盡」的意思，如：竭力、竭盡、竭誠。

「揭」則是動詞，可解釋為把覆蓋或遮擋的東西拿開，如：揭幕、揭開等。

「聲嘶力竭」的「力竭」是「用盡力氣」的意思，所以不能把「竭」寫成「揭」。

例句：1. 遊園會上，有個小朋友不見了媽媽，在聲嘶力竭地哭喊着，職員見狀趕緊通過廣播找人。

2. 體育場內，狂熱的球迷嘶聲力竭地為各自的球隊吶喊加油。

蹉跎歲月 ☑　　　磋砣歲月 ☒

釋義：時間白白浪費，人生虛度。

辨析：「蹉跎」通常連在一起使用，指虛度光陰，可用來形容人做事毫無鬥志、浪費時間。

「磋」和「砣」則是兩個完全不一樣的字。「磋」為「商量討論」之意，如：切磋、磋商。「砣」指秤砣。顯然，這兩字無法合成一個詞。

例句：1. 那幾年我真是一事無成，蹉跎歲月。

2. 每當回憶起那段蹉跎歲月，伯父的心裏仍不時泛起陣陣隱痛。

大肆宣傳 ☑　　　大事宣傳 ☒

釋義：把宣傳搞得很大、很有氣勢。

辨析：「肆」原是肆意的意思，「大肆」即是毫無顧忌的樣子。

「大事」是名詞，指重大事情，如：國家大事。「大事」還沒有做副詞的先例，如果寫成「大事宣傳」，就變成「關於大事的宣傳」了，顯然是不對的。

例句：1. 這份雜誌在創刊之初，大肆宣傳過一陣，可惜很快就由於虧損過大而不得不停刊了。

2. 這件醜聞經過報紙的大肆宣傳後，令事先被視為候選大熱門的他聲望大降，只得退出競選。

翻筋斗 ☑　　　翻肋斗 ☒

釋義：身體向下翻轉而後恢復原狀。

辨析：「身體向下翻轉而後恢復原狀」這個動作，本來寫作「跟頭」，也可以寫作「筋斗」。

「肋」則是「肋骨」的「肋」。從「翻筋斗」這個動作上看，與「肋骨」是沒有關係的，所以不能寫成「翻肋斗」。

例句：1. 弟弟一到遊樂場就玩開了，又是在軟墊上翻筋斗，又是玩滑梯，玩得滿頭大汗。

2. 老師在講解什麼是誇張的修飾手法時，舉了《西遊記》中孫悟空翻筋斗——一個筋斗十萬八千里為例。

一 在下面方格內填上適當的部首或部件。

1. A. □曼無目標　　B. □曼條斯理
   C. 街頭□曼步　　D. □曼□曼騰騰

2. A. □奐然一新　　B. 改名□奐姓
   C. 呼天□奐地　　D. 容光□奐發

3. A. □咼盡全力　　B. □咼幕典禮
   C. 聲嘶力□咼　　D. □咼露秘密

4. A. □差切技藝　　B. □差跎歲月
   C. □差商大事　　D. □差來之食

二 從上題中選出適當的字，填在下句的括號內。

1. 這部紀錄片對這一古跡背後的故事做了詳細（　　）秘，令觀眾大飽眼福。

2. 經過兩個月的休息，小王容光（　　）發地來上班了。

3. 兩隊的隊員在比賽結束後，沒有即刻離場，而是聚在一起切（　　）起了球藝。

4. 弟弟生性馬虎，做任何事情都是一副（　　）不經心的樣子。

5. 別看王小姐平時說話做事一副（　　）條斯理、不急不緩的樣子，但如果遇上緊急工作，她必定會（　　）盡全力，按時完成。

張皇失措 ☑　　張皇失錯 ☒

釋義：慌慌張張，以致舉止失常。

辨析：「措」解釋為「處置、安排」，如：措施、不知所措。「張皇失措」的「失措」，直接意思就是「改變（正常）的處置、安排」，引申解釋為「舉止失去常態」。而「錯」就是「錯誤」的意思，顯然，「張皇失措」不能寫成「張皇失錯」。

例句：1. 考試遇到不會做的題目，難免會張皇失措。

2. 小思打破了家裏的花瓶，正好媽媽回來了，他張皇失措地不知怎麼辦好。

月色朦朧 ☑　　月色矇眬 ☒

釋義：月光不明；模糊不清。

辨析：「朦朧」從月，形容月色不清，也可以引申用以形容事物的模糊不清。如：朦朧的遠山。

「矇眬」從目，形容睡眼或醉眼半開半合的樣子，如：睡眼矇眬。

「朦朧」適用的範圍很廣，而「矇眬」形容的對象只可以是眼睛。

例句：1. 今年中秋月色朦朧，特地上太平山賞月的市民都失望而歸。

2. 在月色朦朧的夜晚，媽媽正溫聲細語地給妹妹講故事，爸爸拿起手機拍下了這溫馨的一幕。

戰戰兢兢 ☑　　戰戰競競 ☒

釋義：形容因害怕而發抖或因害怕而倍加小心翼翼的樣子。

辨析：「兢」形容小心謹慎的樣子。

「競」指「比賽、爭逐」，不能疊用。如：競技、競爭、競賽等。

這兩個字字形酷似，但「戰戰兢兢」的「兢」含有「戒懼小心」的意思，所以不可以寫成「競」。

例句：1. 哥哥天性膽大，有一次爬山時發現了一個山洞，硬拖我去「探險」，我只得戰戰兢兢地跟隨他往山洞深處走去。

2. 因為這個實驗不容出錯，所以大家都是戰戰兢兢的，不敢大意。

訂書機 ☑　　釘書機 ☒

釋義：裝訂書頁的文具。

辨析：很多人以為「裝訂」是用釘子訂在一起，便誤把「裝訂」寫成「裝釘」（在粵語中更是把它倒轉過來說成「釘裝」），連同「訂書機」也誤寫為「釘書機」。

不過知道了「裝訂」的正確寫法，也就不會把「訂書機」寫為「釘書機」了。

例句：1. 把訂書機給我，我要把這幾頁稿子訂在一起，以免散失。

2. 我把這學期寫的作文分類整理了一下，然後畫了一個封面，再用訂書機裝訂起來，一本自製的小書完成了！

面色如蠟 ☑　　面色如臘 ☒

釋義：面色黃得像蠟一樣。

辨析：「蠟」本指蜂蠟，現引申指：①蠟製的用品，如：蠟燭、蠟筆。②像蠟一樣的黃色，如：臘梅、蠟黃等。「面色如蠟」是第二項引申義。而「臘」是「臘肉」的「臘」，指冬天農曆十二月（臘月）醃製的肉類，臘肉的顏色是紅色，面色倘若「如臘」，豈不是說面色很紅潤了嗎？

例句：1. 她這次顯然病得不輕，雖然已經出院了，但看上去還是面色如蠟，人也比之前瘦多了。

2. 這孩子看上去面色如蠟，一副營養不良的樣子，是因為先天不足嗎？

初出茅廬 ☑　　初出茅蘆 ☒

釋義：形容剛出來做事，缺乏實際經驗，比較幼稚。

辨析：「廬」原指簡陋的房屋，「茅廬」即是屋頂用茅草覆蓋的草屋。出自《三國演義》中讚揚諸葛亮的一句詩：「直須驚破曹公膽，初出茅廬第一功。」

「蘆」則指「蘆葦」。「茅廬」既指草屋，就不可能是寫為「茅蘆」了。

例句：1. 他第一次參加國際比賽，可以說是初出茅廬。

2. 這個設計出自一個初出茅廬的新設計師之手，真是令人難以置信。

在正確詞語前的方格內加√。

1. 那名（□初出茅盧 □初出茅蘆 ）的年輕作家被一家出版公司簽約後，出版公司投入了大量人力物力，(□大肆宣傳 □大事宣傳），力圖把他打造成暢銷書作家。

2. 叔叔經常在家裏說，他現在做的這份工作，簡直就像（□雞筋 □雞肋）一樣，食之無味，棄之可惜。

3. 今早起霧了，從屋裏往外面看，天空好像睡眼（□矇眬 □朦朧）還未清醒一樣，四周景色（□矇眬 □朦朧），連稍遠處的風景都看不清。

4. 子文非常害怕去上鋼琴課，每次都要媽媽連哄帶騙才肯去，上課時總是（□戰戰兢兢 □戰戰競競）的，被老師稍一批評就（□張皇失錯 □張皇失措），搞得鋼琴老師哭笑不得。

5. 哥哥有雙巧手，每次學校佈置手工作業，我都請他幫忙完成，就見他拿起（□釘書機 □訂書機）和膠水，幾下子一隻漂亮的小紙盒就（□釘 □訂）好了。

6. 才進（□蠟 □臘）月，婆婆就買了很多豬肉回家，說要給我做美味的（□蠟 □臘）腸吃。

良莠不齊 ☑　　良秀不齊 ☒

釋義：比喻好人和壞人混雜在一起，難以區分。

辨析：「莠」指類似穀子的野草。「良莠不齊」的原意是好苗和野草混雜在一起，現多用來形容好人和壞人混雜在一起，難以區分。

「秀」則指優秀；凸出、高出等。與「莠」的字義完全不同，所以不能混用。

例句：1. 這班學員跟着同一個師父學武術，水平卻良莠不齊，這與天賦、刻苦程度都有關係。

2. 現在市面上的藝術拍賣品良莠不齊，要學會分辨，不能輕信於人。

鋌而走險 ☑　　挺而走險 ☒

釋義：因為沒路可走而採取冒險的行動。

辨析：「鋌」是形容詞，形容快跑的樣子。在現代漢語裏已罕用，只在「鋌而走險」這個成語裏出現。

「挺」可以做形容詞用，解釋為「直」。如：挺拔、挺立。也可以作動詞用，解釋為「撐直」，如：挺身而出。

可能是受到「挺身而出」的影響，所以有些人會誤寫為「挺而走險」。

例句：1. 為了防止綁匪鋌而走險撕票，警方決定立刻開展救援行動。

2. 為了獲取更大的利潤，他決定鋌而走險，把全部積蓄都投入到股票市場上搏一把。

分道揚鑣 ☑　　分道揚鏢 ☒

釋義：比喻志趣不同，各走各的路。

辨析：「鑣」原指馬嚼子（銜在馬嘴裏的鐵鏈）的兩端露出嘴外的部分。騎者要驅馬前進時，就用手中的繩把鑣往上一提，這個動作就叫做「揚鑣」。而「鏢」則是古代的一種暗器，可以發射傷人。

由上可見，「揚鑣」是指催馬前進，而「揚鏢」卻指發射暗器。

例句：1. 一場爭執之後，這兩個昔日的好友，從此分道揚鑣了。

2. 我和家明做了十二年的好同窗， 直到唸大學時一個學文一個學理，這才「分道揚鑣」。

始作俑者 ☑　　始作蛹者 ☒

釋義：壞風氣的創始者。

辨析：「俑」是古時候用來殉葬的木偶人，後來有人用真人殉葬。這種不人道的行為，追本溯源，是「俑」留下來的禍根。這就是「始作俑者」的由來。

「蛹」是蠶蛹的蛹。所以「始作俑者」當然不能寫成「始作蛹者」。

例句：1. 為了不讓這股壞風氣在班裏蔓延，老師決定懲罰其始作俑者。

2. 事到如今，再去追究誰是始作俑者已無多大的意義，當務之急是找出解決的方法。

螳臂當車 ☑　　螳臂擋車 ☒

釋義：螳螂舉起了前臂企圖阻擋車子前進，比喻自不量力。

辨析：「當」在古文裏有一個常見字義：抵擋。如：銳不可當。

「螳臂擋車」雖然在字面上可以解釋得通，但由於成語的原型是「螳臂當車」，所以不能隨便更改其固定搭配。

例句：1. 像你這樣一個小個子，去和籃球隊的人比投籃，簡直是螳臂當車，不自量力。

2. 那些管理落後、技術落伍的企業，要想和跨國企業去競爭，無疑是螳臂當車。

耳濡目染 ☑　　耳儒目染 ☒

釋義：經常聽到看到，自然而然地受到影響。

辨析：「濡」是一個文言用字，解釋為「弄濕」。「耳聞目染」是以「耳、目」和「濡、染」互相鑲嵌而成的成語，比喻見聞的沉浸。

而「儒」指儒家學派，也指讀書人。「耳」與「儒」搭配在一起，沒有意義。

例句：1. 她出生藝術世家，自小耳濡目染，長大後順理成章地也走上了藝術的道路。

2. 在家裏孩子耳濡目染着家長的所作所為，所以家長是孩子的第一老師。

詞語對對碰

在下面橫線上填上「當」或「擋」，並找出詞語的反義詞，用線連起來。

____機立斷	束手無策
勢不可____	遙遙無期
____務之急	量力而行
螳臂____車	大勢已去
兵來將____，水來土掩	猶豫不決

圈出下面段落中的錯別字，並在方格內改正。

1. 少華原先就讀的學校，學生來源良秀不齊，媽媽擔心他在耳儒目染之下，學到一些不好的行為，便下定決心在學期結束時轉學了。爸爸開玩笑說：「你這可是校仿『孟母三遷』啊！」

2. 年輕時，劉先生走南闖北地做生意，有一次為了一單大生意，他挺而走險深入偏遠山區去尋找貨源。行前，他的合作夥伴想想不放心，致意為他請了兩名保鏢陪同前往。

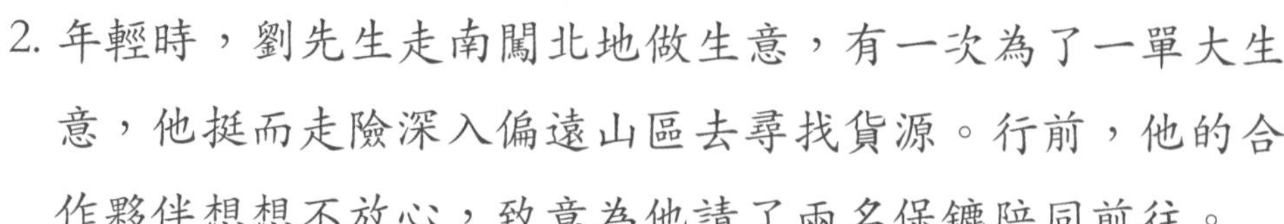

天不作美 ☑　　天不造美 ☒

釋義： 天不肯成全人的好事。多指要進行的事情因颱風下雨而受到了影響。

辨析：「作」常和「做」同義，不過「作」帶有文言色彩，如：作別、作對、作怪等。「作美」也就是「做成美事」的意思。

把「作美」誤寫成「造美」，可能是沒了解以上字義的原因。

例句：
1. 我們去郊野公園燒烤的那一天，天不作美，下了一陣雨，玩得不夠痛快。
2. 今晚的音樂節雖然天不作美，風雨交加，但大批歌迷還是堅持看完全場，度過了一個難忘的夜晚。

勾魂攝魄 ☑　　勾魂懾魄 ☒

釋義： 原指妖魔神怪或法師神通廣大，能勾取人的魂魄。現多用於比喻極具吸引力，能蕩人心神。

辨析：「勾魂攝魄」由「勾魂」和「攝魂」這兩個同義的詞組組成，「勾魂」指勾去靈魂，「攝魂」指取去魂魄。

「懾」是害怕，如：威懾、懾服。

例句：
1. 對於山海關的雄奇險要，歷代文人墨客留下了無數直抒胸臆、勾魂攝魄的優美詩篇。
2. 你居然真的會相信巫婆有勾魂攝魄的本事？

以偏概全 ☑　　以偏蓋全 ☒

釋義： 以局部來概括、判斷全體的情況，形容看法片面。

辨析：「概」在這裏是「概括」的意思。

「蓋」作動詞用時，可解釋為超過、壓倒，如：蓋世無雙；還有蓋章、蓋房子等用法。顯然與「以偏概全」裏的「概」的用法完全無關，所以不能混用。

例句：
1. 看問題時以偏概全，就會像盲人摸象一樣，是得不到正確認識的。
2. 閱讀課上，老師強調我們只有綜合性閱讀，才能學得完整系統，不至於斷章取義，以偏概全。

奴顏婢膝 ☑　　奴顏卑膝 ☒

釋義：形容卑躬屈膝地巴結討好別人的醜態。

辨析：古代做奴婢的經常是臉上掛着恭順、討好的笑容，而且還不時要屈膝向主人下跪。所以用「奴顏」和「婢膝」來比喻對人巴結、討好的醜態，是十分形象而貼切的。

明白了在這個成語中，「奴」和「婢」是相對的，就不會把「婢膝」寫成「卑膝」了。

例句：1. 剛剛還一臉趾高氣昂的太監，見到皇太后出來，立刻換上了一副奴顏婢膝的嘴臉。

2.「這份合約，簡直稱得上是奴顏婢膝，賣地求榮！」張經理指着桌上的一份文件氣憤地說。

色彩斑斕 ☑　　色彩斑爛 ☒

釋義：顏色絢爛多彩。

辨析：「斕」和「爛」都形容色彩鮮明，但它們的搭配習慣是不一樣的。「斕」只用於「斑斕」一詞中，多用於形容服飾或有鮮艷色彩的花紋圖案。而「爛」的固定組詞卻是：燦爛、絢爛、爛漫等。

例句：1. 每次去叔叔家，我都喜歡趴在他家的大水族箱前，看色彩斑斕的熱帶魚在水中游來游去。

2. 元宵燈會上展出的花燈，色彩斑斕，美不勝收。

形跡可疑 ☑　　行跡可疑 ☒

釋義：舉動神色可疑。

辨析：「形跡」指形貌神色舉止，除了可以構成「形跡可疑」外，還可以構成「不露形跡」等。

「行跡」則指行動的蹤跡，如：行跡無定。這兩個詞很容易混淆，運用時需仔細判斷。

例句：1. 警員深夜巡街時，發現有兩個人鬼鬼祟祟，形跡可疑，上去一盤問，果然是兩個有案底的盜竊慣匪。

2. 有個形跡可疑的人開車來到邊境，哨兵見到就迎了上去。

根據下面的題目，在方塊圖中圈出正確的詞語，並在答案旁標示題目編號。

廬	登	峰	造	極	張	色	可
宣	朦	皇	大	初	奴	彩	形
天	戰	臘	出	竭	顏	斑	跡
不	蓋	雙	無	世	婢	斕	疑
作	以	書	慢	漫	膝	失	機
美	偏	肋	不	卑	不	亢	亞
兢	概	燦	爛	輝	煌	僕	采
肆	全	竭	磋	行	蹤	無	定

1. 形容看法片面。＿＿＿＿＿＿

2. 叔叔是個旅行達人，一般是回港沒多久就又外出旅行，由於他整天＿＿＿＿＿＿，所以家裏人都說不清他的去向。

3. 「至高無上」的近義詞。＿＿＿＿＿＿

4. 「剛正不阿」的反義詞。＿＿＿＿＿＿

5. 大皇宮的尖頂直插雲霄，魚鱗狀的玻璃瓦在陽光照射下，＿＿＿＿＿＿。

6. 秋天的九寨溝有「童話世界」之稱，山林色彩相映，湖水＿＿＿＿＿＿，風景美如油畫。

7. 指天不肯成全人的好事。＿＿＿＿＿＿

面目猙獰 ☑　　面目掙擰 ☒

釋義：形容面目兇惡可怕。

辨析：「猙獰」從犬，有「形容面目猶如兇惡的野獸一樣可怕」的寓意。

「掙」和「擰」從手，「掙」指「用手擺脫束縛」，「擰」則是「用雙手握住物體的兩端分別向相反的方向用力」。這兩個動詞不可以用作形容詞來修飾「面目」，而「掙」和「擰」合在一起也沒有意義。

例句：1. 民間貼的門神大多畫得面目猙獰，因為那是用來嚇唬妖魔鬼怪的。

2. 萬聖節的鬼屋裏，到處充滿了面目猙獰的鬼怪，但其實其中有不少是工作人員假扮的。

飢腸轆轆 ☑　　飢腸漉漉 ☒

釋義：肚子餓得咕咕叫。

辨析：「轆轤」是象聲詞，原來是形容車聲的，後來引申形容在飢餓時腸子叫的聲音。

「漉漉」不是象聲詞，是形容浸濕的樣子，如：「濕漉漉」。

例句：1. 最近我老有飢腸轆轆的感覺，非常能吃，婆婆說這是在長身體了。

2. 旅行團出發到外地，不巧飛機晚點，下了飛機天又冷又黑，飢腸轆轆的遊客們只盼着能趕緊吃上一口熱飯菜。

眾口鑠金 ☑　　眾口爍金 ☒

釋義：人多嘴雜，能混淆是非。

辨析：「鑠」指用火消熔金屬，所謂「眾口鑠金」即形容眾口一詞，就連金屬也熔化得了，比喻人多口雜，足以顛倒是非。

「爍」為「光亮的樣子」，只在「閃爍」中出現，形容光亮晃動不定。這是詞義互不相同的兩個字，不可通用。

例句：1. 對於這些謠言，我希望你能出面澄清一下，不然眾口鑠金，事情會越傳越黑。

2. 本來這事和我毫無關係，但眾口鑠金，現在我都成了事情的主謀了，真是人言可畏呀。

萎靡不振 ☑　　萎蘼不振 ☒

釋義：精神不振，意志消沉。

辨析：「靡」是一個文言字，意思是「草木順風倒下」，如：風靡、望風披靡。這個字又可以比喻無精打采、不振作。「萎靡」的「靡」用的就是這一項比喻義。而「蘼」只構成「蘼蕪」這個詞，古書上指芎藭的苗，不能和「萎」組詞。

例句：1. 弟弟回家後就萎靡不振地躲在自己房間裏，原來是和好朋友吵架了。家人知道真相後都忍俊不禁。

2. 不管遇到什麼困難和挫折，他都一往無前，一點也沒有萎靡不振的樣子。

惴惴不安 ☑　　揣揣不安 ☒

釋義：形容又發愁、又害怕、十分不安的樣子。

辨析：「惴」是個比較生僻的字，多疊用成「惴惴」，形容發愁、害怕的樣子。「揣」有兩項字義：①估量：揣測、揣摩。②藏在衣服裏：揣着手、揣在怀裏。

所以把「揣」疊用為「揣揣不安」，就解釋不通了。

例句：1. 馬上就要公佈期末考試成績了，我一想到這關係到我整個暑期的安排，心裏就惴惴不安。

2. 暴雨不停，河水猛漲，村民們惴惴不安地守護在河堤上。

畫地為牢 ☑　　劃地為牢 ☒

釋義：在地上畫一個圈當做監獄，比喻只許在指定的範圍內活動。

辨析：「畫」和「劃」在解釋為「計謀」時可以通用。如：謀畫＝謀劃、出謀畫策＝出謀劃策。

但當「畫」作為「畫圖畫」解釋時，「畫」不允許寫為「劃」。

「畫地為牢」的「畫地」，指在地上畫一個圈，因此不可以寫成「劃」。

例句：1. 在選擇課外閱讀的書目時，千萬不要畫地為牢，僅憑自己的閱讀興趣，而是應盡量擴展自己的閱讀面。

2. 思想上的墨守成規，必然導致行動上的畫地為牢。

圈出正確的答案，組成詞語。

1. 面目（猙 掙 睜）獰
2. 萎（蘼 靡 糜）不振
3. 飢腸（轆轆 瀘瀘 漉漉）
4. 燈光閃（鎙 鑠 爍）
5. 指手（劃 畫 滑）腳
6. （惴 揣 端）在懷裏
7. （劃 畫 滑）地為牢
8. 垂死（猙 掙 睜）扎

部首加法算式

在括號內填上適當的字和偏旁，並組詞。

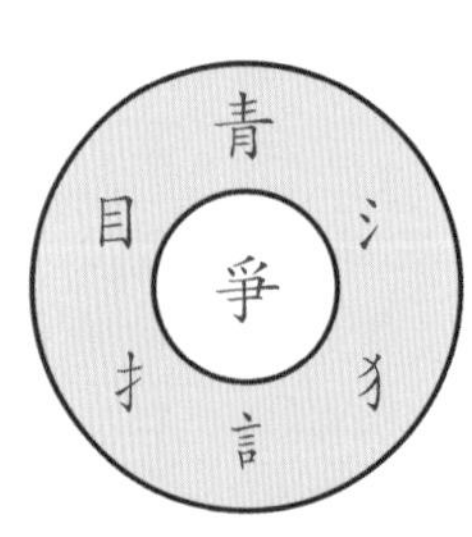

例：（言）＋（爭）＝（諍）（諍言）

1. （　　）＋（　　）＝（　　）（　　　）
2. （　　）＋（　　）＝（　　）（　　　）
3. （　　）＋（　　）＝（　　）（　　　）
4. （　　）＋（　　）＝（　　）（　　　）
5. （　　）＋（　　）＝（　　）（　　　）

開到荼蘼 ☑　　開到茶蘼 ☒

釋義： 比喻某事已近尾聲，或某種聲勢已逐漸冷落了下來。

辨析： 「荼蘼」是一種落葉小灌木，在春末夏初開有香氣的白色花朵。

「開到荼蘼」出自宋代詩人王淇的一首詩：「開到荼蘼花事了」，意思是等到荼蘼花開的時候，春天那種百花齊放的熱鬧景象也快收場了。

如今，人們用「開到荼蘼」來比喻某事已近尾聲，或某種聲勢已逐漸冷落了下來。

由於「荼」、「茶」兩字字形相似，所以經常有人會寫錯。但明白了以上的解釋，就不會把「荼蘼」寫成「茶蘼」了。

例句：

1. 我家樓下的小花園裏種滿了各類花草，每年春天看着那些花從含苞待放到開到荼蘼，就知道夏天要來了。
2. 小姨失戀了，她悲觀地說：「幸福就像開到荼蘼那樣，離我越來越遠了。」

慘無人道 ☑　　殘無人道 ☒

釋義： 殘暴之極，滅絕人性。

辨析： 「慘」除了「悲慘、慘痛」的意思外，還含有古義「兇橫、厲害」的意思， 如：慘毒、慘酷等，其程度比起現代漢語的「狠毒、慘酷」要厲害得多。

「慘無人道」就是「兇狠、殘暴、毫無人道」的意思。

「殘」雖然可以組成「殘暴、殘忍、殘酷」等詞，但在使用習慣上，這個成語還是應該用「慘無人道」這一固定搭配。

例句：

1. 弟弟從學校回來後對着媽媽哭訴：「老師今天佈置了超多的作業，簡直是『慘無人道』。」
2. 在這部戰爭片裏，有侵略軍慘無人道地殺害婦女兒童的情節，看後讓人心裏久久不能平靜。

滄海一粟 ☑　　滄海一栗 ☒

釋義：大海中的一顆穀粒，比喻非常渺小。

辨析：「粟」指穀子，古人以「一粟」與「滄海」做對比，誇張地形容極其渺小。而「栗」是「栗子」，炒熟或煮熟後可以吃。

「粟」與「栗」字形相似，「滄海一栗」雖然從字面上也勉強說得通，但成 語是一個結構固定的詞組，所以不宜隨便改變其固定搭配。

例句：1. 在浩瀚的宇宙裏，地球只不過是其中的一個星球，猶如滄海一粟，渺小得很。

2. 人在學校中學到的知識，與尚待學習的知識比起來，簡直是滄海一粟，微不足道。

蜂擁而至 ☑　　蜂湧而至 ☒

釋義：像蜜蜂一樣擁擠着來了。

辨析：「擁」指擁擠，「蜂擁」就是形容像蜂群那樣互相擁擠着。

「湧」指水往上冒，如：湧現、淚如泉湧。「蜂」與「湧」沒有這樣的組合。

例句：1. 今天是那名紅歌星結婚的大喜日子，新聞記者一早就蜂擁而至，個個都想搶拍獨家照片。

2. 維園美食展今天有大促銷，一大早市民們就蜂擁而至，將促銷貨品搶購一空。

啞巴吃黃連 ☑　　啞巴吃黃蓮 ☒

釋義：歇後語「啞巴吃黃連——有苦說不出」的前半句，比喻有口難言。

辨析：「黃連」是一種多年生的草本植物，根味苦。由於根色黃，而且上面有珠狀連結，因而取名為「黃連」。而「蓮」即夏天開花的蓮花。

「黃連」和「蓮」是兩種完全不同的植物，有人可能認為「黃連」是植物，便自以為是地給「連」加上了「草」字頭。

例句：1. 為了幫弟弟頂罪，我只好挨媽媽的一頓罵，真是「啞巴吃黃連」啊。

2. 這件事的背後有着不可為人知的難言之隱，作為當事者，我只好承擔了所有責任，真是啞巴吃黃連，有苦說不出。

巧填拼圖

下面的拼圖亂了，並且少了一個字。把正確的詞語填在橫線上。

1. 至　蜂　○　而　________
2. 波　○　濤　洶　________
3. 淡　○　飯　粗　________
4. 一　滄　○　海　________
5. 自　○　殺　相　________
6. 取　中　○　火　________

從上題中選出適當的成語填在括號內。

1. 每年夏天打風時，總有一批「追風者」不懼狂風，來到（　　　　）的海邊，冒險拍下一張張精彩的照片。
2. 只為爭取分秒的時間，而冒險亂闖紅燈，這種行為無異於（　　　　）。
3. 他放棄大公司的高薪職位，到郊區開了一家手作工坊，朋友問起他的近況，他笑着說：「雖然現在每天都是（　　　　），但日子過得反而比之前輕鬆。」
4. 從時間來看，人是百代過客；從空間來看，人像（　　　　）。
5. 聽到好消息後，人們（　　　　），個個欣喜如狂。

煽動 ☑ ≠ 扇動 ☑

辨析：「煽動」指鼓動別人（去干壞事）。
「扇動」則指搖動（扇子、翅膀等）。
雖然在古漢語中「煽」、「扇」同義，但在現代漢語中這兩字的分工已很明確。以「煽」構成的詞語多與「鼓動」有關，如：煽動、煽風點火等。而「扇」用作動詞時，只解釋為以扇生風或搖動翅膀，如：扇風、扇扇子等。

例句：1. 他表面上偽裝忠誠，暗地裏卻在煽動鬧事。
2. 海鷗悠閒地扇動着翅膀，與海浪嬉戲着。

辣手 ☑ ≠ 棘手 ☑

辨析：以「辣」來形容手段，是比喻手段厲害，使人受不了。一般用於貶義，但也可用於形容手段厲害或毒辣，如「辣手神探」。
「棘」原指荊棘，「棘手」的本義是指荊棘扎手，比喻事情十分難辦。有很多人會在該用「棘手」的地方誤用「辣手」，其實這兩個詞語在意思上是有很大差別的，不可混用。

例句：1. 這個剛出道的小影星，被大導演選中，在一部警匪片中出演「辣手警花」。
2. 今天上司交代給我一件很棘手的事情，限我在一星期內辦成。

包含 ☑ ≠ 包涵 ☑

辨析：「包含」和「包涵」同音，但意思卻相差甚遠。
「包含」的意思是「含有」；「包涵」卻是客套話，請人原諒。
此外，「含」的容量小，內容單一；「涵」的容量大，內容豐富，且有「充滿、深藏」的意思。
「含」的對象多是具體事物，而「涵」的對象多是抽象事物。

例句：1. 請分析一下，這段話中包含了幾層意思？
2. 在祖父的壽宴上，來了不少客人，爸爸客氣地招呼道：「招待不周，請大家多多包涵！」

片段 ☑ ≠ 片斷 ☑

辨析：「片段」、「片斷」都指事物零碎不全的部分，在引申指文章作品的一部分時常常可以通用。

「片斷」本指從整個物體中切削下來的一個平而薄的橫斷面，引申可指事物的一點、一個畫面，偏重於「零碎不完整」的意思。

「片段」本指從整個事物中裁取的一段，有相對的完整性。

從容量上說，「片段」大於「片斷」。

例句：1. 在這個節選片段中，可以看出作家描寫心理活動的深厚功力。

2. 可惜我先前所見所聞的都只是她人生中的一些零星片斷，至今仍湊不成一個比較完整、清晰的印象。

扭捏 ☑ ≠ 忸怩 ☑

辨析：「扭捏」和「忸怩」都形容神情不自然，言語、舉止不夠大方。

但「扭捏」偏重於外表，指舉動造作，故意扭動身體的樣子。常作動詞用。

「忸怩」則偏重於內心，指內心的慚愧或害羞而引致神情、舉止不自然。多作形容詞用。

此外，「扭捏」可以疊用，「忸怩」則不可以。

例句：1. 從小媽媽就教我，在客人面前不要扭扭捏捏，要學得落落大方。

2. 小芳生性靦腆害羞，每次老師讓她上台演講，她都會露出一副忸怩不安的表情。

淹沒 ☑ ≠ 湮沒 ☑

辨析：「淹沒」指被大水蓋過；也可以用來形容被巨大的聲浪蓋過。

「湮沒」是書面語詞，多用於抽象意義，指長時間的埋沒。如：湮沒無聞。

「淹沒」和「湮沒」雖然近義，但不能互相通用，如「洪水淹沒村莊」就不能寫成「洪水湮沒村莊」。

例句：1. 這段古老的城墻淹沒在荒草和矮樹間。

2. 這個作家死了很多年，名字早已湮沒無聞。

在下面方格內填上適當的字，完成句子。

煽　扇

1. 很多政治家的演講都極具□動性，口才出色。這除了天賦外，也是政治家們在台下苦練演講技巧的結果。
2. 春天的花園裏，鮮花盛開，蝴蝶□動着翅膀，在花叢中優雅地飛來飛去，美麗的景色吸引遊客前來賞景拍照。

段　斷

3. 祖父年輕時喜歡創作，得閒時就在本子上寫寫畫畫。可惜搬了幾次家後底稿遺失，只留下片□文字。
4. 這部電影雖然只公開了一點片□，但已經引起了觀眾的強烈關注，未映先熱，預計會成為暑期的熱門電影。

含　涵

5. 張太太出身書香門第，很有□養，遇到不開心的事或不喜歡打交道的人從來不形於色。
6. 他一語雙關，話語中包□的意思值得我們慢慢思考。

淹　湮

7. 這個地區由於地勢低，所以一下暴雨整條街道都會被大水□沒。
8. 隨着時代的變遷，很多古老的戲曲漸漸□沒無聞，無人再會表演。

行程 ☑ ≠ 行情 ☑

辨析： 由於「行程」、「行情」在粵語裏讀音相近，因而很容易引起混淆，但其實意思完全不同。

「行程」即路程。

「行（音「杭」）情」指市面上商品的一般價格。

例句： 1. 這一次是泰國旅行，行程安排十分緊湊。

2. 你連這批貨的行情都不了解，怎麼敢下那麼大的一張訂單？

暴發 ☑ ≠ 爆發 ☑

辨析： 「暴」的含義較多：①突然而猛烈，如暴病、暴怒。②兇猛、殘酷，如：暴行。③急躁、糟蹋，如：自暴自棄、脾氣暴躁。

「爆」解釋為「猛烈破裂或迸出」，如：爆炸、爆破等。

「暴發」指突然發作，適用範圍狹窄，只用於「山洪暴發」、「洪水暴發」等詞組。

「爆發」指突然發作，多用於力量、情緒，或事變突然發生。如：火山爆發。

例句： 1. 因為山洪暴發，南下的火車受阻，被困在這個小站已經足足一天一夜了。

2. 著名女作家的演講，時不時被台下熱情聽眾突然爆發的掌聲所打斷。

優遊 ☑ ≠ 優柔 ☑

辨析： 這是兩個讀音相近，但意思完全相反的詞語。

「優遊」形容從容不迫、悠閒自得的樣子，如：優遊自在。

「優柔」則是形容猶豫不決，如：優柔寡斷。

例句： 1. 魚兒在水草中優遊自在地穿梭。

2. 這孩子就是如此優柔寡斷，做什麼事情都希望別人給他出主意。

流連 ☑ ≠ 留戀 ☑

辨析：「流連」和「留戀」都含有「對事物眷戀、不忍離去」的意思，但兩者在詞義上還是有着細微的區別：

「流連」通常指風景名勝或娛樂場所的着迷，眷戀徘徊，捨不得離去。

「留戀」通常指對人或物依戀，不願離去。

「留戀」偏重於內心感情上的依戀，「流連」除了暗示內心眷戀外，還強調在風景勝地等場所徘徊不已。

例句：1. 走進森林公園，身旁古木參天，鳥語花香，樹隙中透過縷縷陽光，讓人流連忘返。

2. 畢業典禮結束之後，我最後一次從美麗的校園裏走出來，才發現自己對校園是多麼留戀不捨啊。

噩耗 ☑ ≠ 惡耗 ☑

辨析：「噩」的意思是「兇惡驚人的」。「噩耗」指兇惡驚人的消息，一般特指死亡的消息。

「惡」解釋為「兇惡的」，「惡耗」指兇惡的消息，也可指死亡的消息，不過一般不這麼使用，因為容易被人誤解為「令人厭惡的消息」。

「噩耗」比「惡耗」常用，因為它暗示對死亡消息的震驚。

例句：1. 聽到婆婆突然去世的噩耗，媽媽頓時淚如雨下，悲痛萬分。

2. 母親聽到兒子被學校開除的惡耗，難過得幾天都沒睡好。

意氣 ☑ ≠ 義氣 ☑

辨析：這是一對同音詞，詞義卻完全不同，使用時需仔細辨別。

「意氣」有多項解釋：①意志和氣概。如意氣風發。②志趣和性格，如：意趣相投。③任性，如：意氣用事。

而所謂「義氣」，就是為了朋友而甘於承擔風險，甚至不惜犧牲生命的氣概，常用於江湖義氣。是舊時的一種道德標準。

例句：1. 我和小欣一入學就成了好朋友，整天形影不離，老師笑着評價我們：「你們倆真是意氣相投。」

2. 我們不能因講求兄弟義氣而喪失了做事的原則性。

在正確詞語前的方格內加√。

1.「我覺得你該改改這種（□優遊寡斷 □優柔寡斷）、（□忸忸怩怩 □扭扭捏捏）的性子了，不然以後怎麼去適應快節奏的社會！」媽媽生氣地對子文說。

2. 最近爸爸公司的貨品（□行情 □行程）看漲，所以身為負責人的爸爸需要一直出差，（□行情 □行程）十分緊張。

3. 某國外地區突然（□暴發 □爆發）大規模流行病的（□噩耗 □惡耗）傳出，在醫院做傳染病醫生的小姨即刻跟隨緊急醫療救援隊出發前去支援。

1. 暑期外遊，我們一家特地避開旅行團集中的地點，到湖區的一個度假山莊住了幾天。在那裡，我們每天（□優游自在 □優遊自在）地在湖畔散步，欣賞湖光山色，閒暇安逸的節奏讓我們回港後好長一段時間後，依然（□留戀不已 □流連不已）。

2. 今天學校校慶，我們請來了年屆八十的老校長。活動結束後，校長上前向老校長道辛苦，老校長卻欣慰地說：「我就喜歡來學校，看着孩子們天真活潑、（□意氣風發 □義氣風發）的樣子，感覺自己都好像年輕起來了。」

3. 上司交代給小王一件非常（□辣手 □棘手）、時間要求又緊的工作，可能是擔心小王有想法，上司交代完工作，一個勁兒地跟小王招呼，讓他多多（□包含 □包涵）。

以至 ☑ ≠ 以致 ☑

辨析：「以至」有「直到」的意思。

「以致」則是「導致、致使」的意思，其後的結果大多是說話的人所不希望見到的。

「以至」也可作「引致」用，這時它與「以致」的區別在於：①「以致」所引起的結果大多是不好的，「以至」則未必。②「以致」的前半句與後半句的關係純屬因果關係，而「以至」後面的結果卻可以反過來補充說明前半句所說的動作、情況程度有多深。

例句：1. 他非常用心地寫生，以至野地裏颳起風沙來也不理會。

2. 她的腰受了重傷，以致幾個月都起不了床。

決口 ☑ ≠ 缺口 ☑

辨析：「決口」是動詞，專指堤岸崩決。

「缺口」則是名詞，指物件上因破損而形成的空隙。

所以雖然這兩個詞同音，但詞義還是很明確區別的。

例句：1. 春天，山洪暴發，防洪堤岸在洪水的壓力下決口了。

2. 今天我洗碗時不小心，把湯碗碰了個缺口。

啟用 ☑ ≠ 起用 ☑

辨析：「啟」是開的意思，「啟用」即開始使用（指原先從未使用過）。

「起」就是原來是坐着或臥着，改變為立的姿態，「起用」也包含有這樣的比喻義，即重新任用。注意：「起用」不可以用於新人。

例句：1. 隨着紅綢帶被嘉賓一刀剪短，標誌着新醫院正式啟用。

2. 新教練到任後，起用了一批實戰經驗豐富的老隊員。

儲存 ☑ ≠ 貯存 ☑

辨析：「儲」和「貯」都有「儲藏、存放」的意思，由這兩個字構成的詞，一般都可以通用。

但以「儲」構成的詞，含有「有意識地存放、積累」的細微意思，而「貯」則沒有這樣的含義。所以一些特別強調有意識存放的地方最好用「儲存」，並非強調有意識積累的地方最好用「貯存」。

例句：1. 叔叔打算 2 年後結婚，所以他現在每個月都計劃地儲存一筆錢，以用來辦婚事。

2. 螞蟻的巢穴四通八達，裏面可以貯存許多食物，這叫物巢。

降伏 ☑ ≠ 降服 ☑

辨析：「降」可解釋為「投降」，如：降服；又可以解釋為「制伏」，如：降伏。

這兩字詞語的讀音完全相同，但意思卻相差甚遠。

「降伏」的意思是用武力制伏對手。

「降服」的意思卻是投降。

所以這兩個詞語需小心辨別使用。

例句：1. 野生動物園新來了幾匹野馬，性子十分暴烈，連最有經驗的馴馬師一時也降伏不了。

2. 這位聲名赫赫的將軍，面對兵臨城下的局面，明白大勢已去，只得繳械降服。

怒叱 ☑ ≠ 怒斥 ☑

辨析：「叱」和「斥」都含有「責備」的意思在內，但「叱」強調聲量很大，情緒較為激烈，而「斥」表示理性多於感情，而不強調聲音的大小。所以這兩個詞需分清用途。

例句：1. 樓下酒吧深夜來了幾個滋事的客人，店長和店裏的顧客上前齊聲怒叱，把那幾個人趕走了。

2. 這單生意由於陳先生的粗心大意而出了大紕漏，為此經理在會上怒斥了大家足足十分鐘之久。

一．在圓圈內填上適當的字，完成詞語。

二．圈出下面段落中的錯別字，並在括號內改正。

1. 這次考試時，子豪由於光惦記着考完可以去野營，結果漏做了一道大題。媽媽見到試卷，叱責了他一番，以至把野營活動也取消了。
（　　）（　　）（　　）

2. 地鐵上蓋的大型商場即將開業，但中級管理人員還有很大的決口，總經理在剛入職的管理培訓生中觀察了幾天，決定起用一批剛從學校畢業的新人來擔任助理，以解決人才荒。
（　　）（　　）（　　）

3. 學校話劇團要排演新劇，需要許多服裝和道具。我和小天來到儲存室，翻了半天，找出了貯存在內的不少服裝和道具。
（　　）（　　）（　　）

4. 別看眼前的老人已是一副老態龍鐘的模樣，想當年，他可是戎馬歲月，斥咤風雲，在戰場上讓不少敵人繳械降伏。
（　　）（　　）（　　）

年輕 ☑ ≠ 年青 ☑

辨析：「年輕」和「年青」都指年齡不大時，可混用。但「年輕」還有另一個解釋，即「（相對來說）年齡小一點」，但本身也許並不年青。這時「年輕」不能與「年青」混用。

同時，在作「年輕化」用時，也不能寫成「年青化」。

例句：1. 在座的人數梁先生最年輕，還不到五十歲。

2. 看到滿座的年青學生，老教授欣慰地笑了。

3. 隨着越來越多的畢業生來到這座城市尋找工作機會、生活，這座城市也越來越年輕化了。

誠心 ☑ ≠ 成心 ☑

辨析：「誠心」指誠懇的心意，如：誠心實意。

「成心」卻是故意，如：成心搗亂。

「誠心」和「成心」讀音相同，但意思卻相差很遠，所以要注意使用。

例句：1. 我和表姐之間發生了一點小誤會，在我誠心實意地向她道歉後，我倆又和好如初了。

2. 劉同學是全校出了名的頑皮大王，在又一次闖禍之後，老師無奈地說：「你到學校來是想讀書，還是成心搗亂的？」

專程 ☑ ≠ 專誠 ☑

辨析：「專程」指專為某事而到某地。

「專誠」形容專心誠意。

「專程」強調為某事而特地前往，「專誠」則強調內心的誠摯。所以「專程前往」一般都用「專程」而不用「專誠」；「專誠拜訪」一般都用「專誠」而不用「專程」。

有時，特地去外地拜訪某位人士，既是專程，又是專誠，在這種情況下，「專程」、「專誠」可以任選其一，看強調哪一方面。

例句：1. 各路球迷們專程趕到賽場來搖旗吶喊，使比賽更加緊張激烈。

2. 爸爸去北京出差，辦完公事後他特地繞道天津，專誠拜訪了多年未見的大學時代的恩師。

促成 ☑ ≠ 速成 ☑

辨析：「促成」和「速成」在粵語裏同音，含義卻不同。

「促成」的意思是「促使成功」。

「速成」即是短期內可以學會的。

例句：1. 這名作家之前只是打算去非洲度假休閒，沒想到此行卻促成了一本新書的誕生。

2. 姐姐打字、記筆記的速度非常快，原來她在培訓學校接受過速成訓練。

上風 ☑ ≠ 上峰 ☑

辨析：「上風」指風颳來的那一個方向，而風吹向的另一個方向就是「下風」。在現實生活中，站在上風口是一個比較有利的位置，所以引申比喻為作戰或比賽的一方所處的有利地位。而「上峰」的「峰」指山峰，「上峰」原指山頂的部分，引申比喻為上級主管。

例句：1. 這場球賽，從一開場主隊就一直佔據上風，最終以大比分戰勝了客隊。

2. 從經理室一出來，王先生就召集組員宣佈了經理剛剛下達的緊急任務。為緩和大家的緊張情緒，他半開玩笑地說：「這是『上峰』的命令，大家一定要認真執行。」

含義 ☑ ≠ 含意 ☑

辨析：「義」和「意」是意思十分接近的兩個字，一般來說，涉及字、詞、句所包含的意義多用「義」，如：字義、詞義、望文生義等。

「意」更多指人的內心想法，如：來意、會意、意圖等。

「含義」指的是詞句所包含的意義，「含意」則指（詩文、說話）含有的意思。

例句：1. 看來，你對這篇文章的深刻含義並不理解。

2. 張小姐平時喜歡故作高深，經常故意讓人猜不透她話中的含意。

在下面句子中的橫線上填上適當的字。

1.「太過分了！在這麼多親戚面前，你竟然還像在家裏那樣頑皮！你是____心來氣我的嗎？」媽媽生氣地對着頑皮的兒子嚷嚷。

2. 演講比賽一開始，A 隊就明顯佔據上____，只見 A 隊員論據充分，妙語如珠，一副勝券在握的樣子。

3 學校因經費短缺，以致規劃了好久的新圖書館項目遲遲不得開工。這次終於在校友會的一手____成下，於昨天舉行了動工儀式。

4.「請問你這句句子是不是蘊含着什麼深刻含____？為什麼我讀了幾遍都讀不明白呢？」中文老師拿着作業本，開玩笑地對常常寫病句的小思同學說。

5. 新學期開學，我們欣喜地發現來了一批剛從學校畢業的新老師，這下老師的平均年齡終於年____化起來了。

6. 我是個太空迷，這次暑期全家去美國度假，我強烈要求爸爸媽媽從緊密的行程中擠出時間，專____前往肯尼迪航天中心參觀，滿足了多年的願望。

7. 學習如同一項比耐力的長跑，需要我們自始至終堅持努力，沒有____成的捷徑可走。

8. 小雲是個很單純的孩子，每次同學有困難，她都會____心實意地去幫助人。可是有時候也會被人誤解，每當這時候她就笑笑說：「只要我幫到人就可以啦。」

小器 ☑≠小氣 ☑

辨析：古人用「器量」來指代人的胸襟是十分形象的，胸襟窄小就是「器量小」，即「小器」。

「小氣」則指小家氣派，跟「吝嗇」同義。

雖然在粵語口語中這兩個詞的區分不嚴格，但在書面使用時還是應分開為好。

例句：1. 男子漢大丈夫，怎麼能這樣小器呢？

2. 王叔叔家雖然家境不富裕，但對於幫助比他困難的人卻一點也不小氣。

邊緣 ☑≠邊沿 ☑

辨析：「邊緣」有以下含義：①沿邊的部分，如：邊緣地帶。②介於兩種或多種事物之間，同它們都有關係的，如：邊緣學科。

「邊沿」的含義則比「邊緣」窄，意為「臨近界限的部分」，但它卻沒有「邊緣」的第二項意思，所以像「邊緣學科」就不能寫成「邊沿學科」。

例句：1. 美國高校設置的學科專業名目繁多，新興學科和邊緣學科層出不窮。

2. 他現在的感覺就像站在懸崖邊沿，那麼無助。

殉情 ☑≠徇情 ☑

辨析：「殉」有兩項解釋：①陪葬，如：殉葬。②為了某事或某個目的而犧牲，如：殉國、殉情、以身殉職等。

「殉情」多指因戀愛受到阻礙而自殺。

「徇」的意思是「依從、曲從」，「徇情」就是徇私之意，即為了私情而做了不合法的事情。

例句：1. 羅密歐與朱麗葉各自的家族長期相互憎恨，結果導致這對年輕戀人在戀愛上遇到了極大的阻力，最後只得殉情而死。

2. 哥哥進入了公司法律部門，爸爸高興之餘認真地對哥哥說：「你這份工作最重要的就是不能徇情偏袒。」

吸取 ☑ ≠ 汲取 ☑

辨析：這是一對讀音、意義都很相近的詞，但其實搭配習慣是不同的，在使用時需注意。

「吸」的本義是把空氣引入體內。「吸取」指吸收、採取，常與之搭配的是「經驗」、「教訓」等。

「汲」的本義是從井中打水上來。「汲取」也是吸取，常與之搭配的客體必須是液體或可以比擬為水狀物的東西，如「汲取營養」。

例句：1. 他幾次三番地犯錯，就是不知道從中吸取教訓。

2. 這位作家善於從古典作品中汲取寫作上的營養。

嘉勉 ☑ ≠ 加勉 ☑

辨析：「嘉勉」是讚許、表揚的意思。

「加勉」則是加以勉勵，常用在「有則改之，無則加勉」這個成語中。意思是對別人給自己指出的缺點錯誤，如果有，就改正，如果沒有，就用來提醒自己不犯同樣的錯誤。

「嘉」有誇獎、讚揚的含義，「加」卻沒有。這是辨別「嘉勉」和「加勉」詞義和用法的關鍵點。

例句：1. 徐先生工作勤奮，所以年底時受到了公司的嘉勉。

2. 我們要正確地對待別人的表揚與批評，做到有則改之，無則加勉。

突出 ☑ ≠ 凸出 ☑

辨析：「突」指超出，高於周圍，如：突出。

「凸」是象形字，與「凹」相對。從字形上便可以一眼看出它的意思是「高出周圍」，如：凸出、凸起、凹凸不平等。

「突」和「凸」都有「高出周圍」的意思，但「凸」多表現立體感強的外觀形象，如：顴骨突出。而「突」則多用於抽象意義，如：成績突出。

例句：1. 平平的學習成績一直很好，尤其是中文更突出。

2. 這個女星為了上鏡顯瘦，半年來拼命減肥，一天只吃三勺飯，瘦到骨頭凸出。

詞語對對碰

在下面橫線上填上「器」或「氣」，並找出詞語的近義詞，用線連起來。

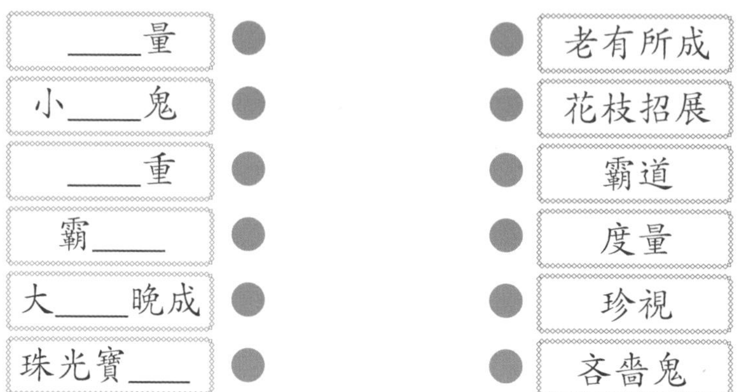

填一填

選出正確的字，填在下面句子中的橫線上。

器 源 凸 沿 氣 徇 突 吸 佳 循 嘉 緣 殉 汲

1. 在公司宣佈的____勉名單上，剛入職不到一年的小陳因工作表現____出而赫然在列。
2. 徐姐姐是一名很出色的社工，在她的努力下，幾名曾遊走在問題少年邊____的少年人現已成功復學，在校表現也有上____表現。
3. 最近媽媽迷上了烘焙，經過幾次嘗試，這次終於大獲成功，做成的蛋糕獲得了家人的一致好評，媽媽得意地說：「我____取了前幾次失敗的教訓，用心揣摩，這才成功的。」
4. 王先生是公司出了名的小____鬼，每次碰到慈善募捐等活動，他就躲得遠遠的，從來是一毛不拔。
5. 小維的爸爸很早就去世了，後來我們才知道，她爸爸是一名消防隊員，在一次救火中因公____職。

吝嗇 ☑ ≠ 吝惜 ☑

辨析：「吝嗇」和「吝惜」的意思都是「捨不得」，都含貶義。

「吝嗇」指過於儉省，連應當用的錢財也捨不得用，是形容詞。

「吝惜」是動詞，對象既可以是錢財，也可以是精力、生命、時間等。

不過兩個詞相比較，「吝嗇」的貶義程度要大於「吝惜」。

例句：

1. 這個富翁吝嗇得很，幾乎所有的慈善活動都不會見到他的身影。
2. 秋天，小草脫落一身衣服，毫不吝惜地獻給大地，使大地更有力地養育萬物。

急促 ☑ ≠ 急速 ☑

辨析：「急促」形容快，但短促，常用來形容間歇時間很快的聲音，如：急促的呼吸聲、急促的腳步聲、急促的鼓聲等。「促」強調的是時間短。

而「急速」則形容速度很快。「速」強調速度，如：快速、火速、速寫、速戰速決等。

例句：

1. 半夜一陣急促的電話鈴聲，把家裏人都吵醒了，原來是遠在美國的舅父喜得孫兒，第一時間就打電話回香港報喜，完全忘記了時差。
2. 海面上有一艘帆船，正乘風破浪急速前進，旁邊一群海鷗好似在與它賽跑，畫面非常好看。

認為 ☑ ≠ 應為 ☑

辨析：「認為」的意思是「對人或事物確定某種看法，作出某種判斷」。

「應為」則有兩個意思：①應該是。②應該為。

由於「認為」和「應為」在粵語裏是同音的，所以經常會有人把它們搞錯。

例句：

1. 這篇文章經過修改之後，大家都認為很好，可以上班級的壁報。
2. 本來大學本科的年限應為四年，但由於孫同學的刻苦勤奮，所以只用了三年時間就提前完成了學業。
3. 做父母的應為孩子們負起責任，讓他們有接受良好教育的機會。

不孚眾望 ☑ ≠ 不負眾望 ☑

辨析：「孚」指「相信、信服」，「不孚眾望」就是「不能使大家信服，未符合大家的期望」。

「負」含有辜負的細微意思在內，「不負眾望」就是「不辜負眾人的期望」，暗示表現令人滿意。

「不孚眾望」是貶義詞，「不負眾望」是褒義詞，兩個詞語的意思是相反的，不能混用。

例句：1. 這次選舉，本來他是最有希望的，但由於他近來的所作所為不孚眾望，結果落選了。

2. 新上任的校長有膽有識，果然不負眾望。

造成 ☑ ≠ 做成 ☑

辨析：「造成」用於抽象意義，指「由於某種原因導致某種後果」。

「做成」則用於具體意義，指「由某種原料製出某件物品」。

由於「造」、「做」在粵語裏同音，所以經常會出現在該用「造成」的地方誤用了「做成」。

例句：1. 這個孩子性子如此頑劣，到底是何種原因造成的呢？

2. 這件精美的擺設，是用歐洲進口的水晶做成的。

吃個飽 ☑ ≠ 吃過飽 ☑

辨析：「個」除了可作量詞外，還有一個特殊用法，就是「動詞＋個＋修飾性詞語」，其作用和「和」差不多。如：吃個飽、玩個痛快、拼個你死我活。

由於「個」的這一用法比較特別，字義也不是很明確，所以經常會有人把「個」誤寫為「過」。其實，「吃個飽」的意思是「吃得飽」，而「吃過飽」的意思是「吃得過量、太飽」的意思。

例句：1. 我和哥哥都非常喜歡吃媽媽煮的臘腸飯，星期天媽媽煮了一大鍋，她開心地說：「今天讓你們吃個飽！」

2. 去姨婆家做客，好客的姨婆煮了好多好吃的，吃到最後大家都說：「不行啦不行啦，已經吃過飽啦！」

猜一猜

根據花燈的內容，猜猜是哪一個成語。

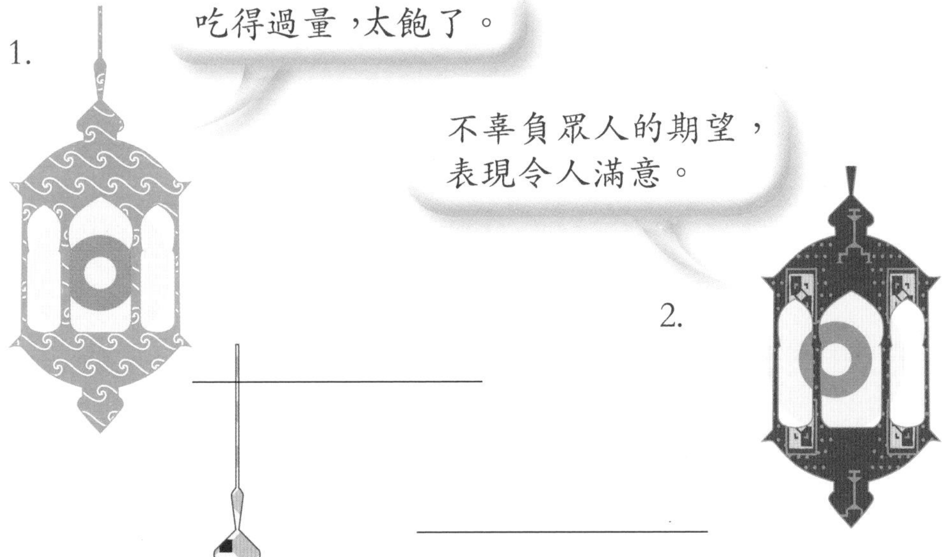

1. 吃得過量，太飽了。

____

2. 不辜負眾人的期望，表現令人滿意。

____

3. 不能使大家信服，未符合大家的期望。

____

4. 形容過於節省，連該花的錢也捨不得花。

____

5. 形容速度很快。

____

綜合練習一

一. 下面的迷宮按正確的詞語走才能走出去，試着走一走。

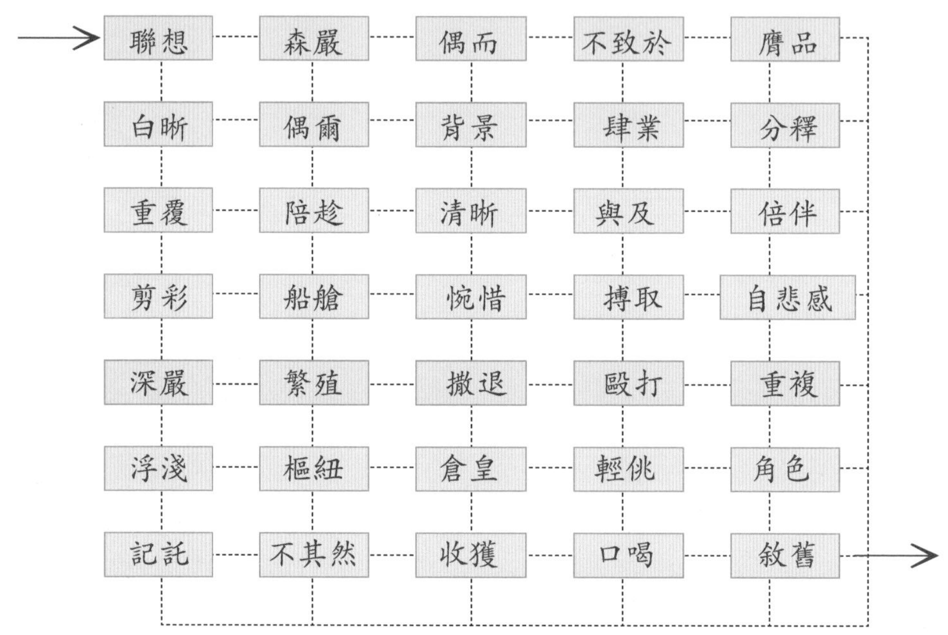

二. 下列各組詞語中，只有一個詞語是正確的，圈出正確答案的代表字母。

1. A. 天不做美　B. 實事求事　C. 岌岌可危　D. 米珠薪貴
2. A. 眾口鑠金　B. 面色如臘　C. 始作涌者　D. 劃地為牢
3. A. 螳臂擋車　B. 面目猙擰　C. 以偏蓋全　D. 刎頸之交
4. A. 揮霍無渡　B. 滿紙塗鴉　C. 拾人牙惠　D. 砰然心動
5. A. 破斧沉舟　B. 人所不齒　C. 功不可抹　D. 揭盡棉薄之力
6. A. 學海無崖　B. 手屈一指　C. 悦而忘返　D. 抑揚頓挫

7. A. 厲兵秣馬　B. 和靄可親　C. 申張正義　D. 揣揣不安

8. A. 奴顏卑膝　B. 戰戰兢兢　C. 劃地為牢　D. 初出茅蘆

三．在下面的橫線上填上疊詞，完成詞語。

1. 風塵________　2. 飢腸________

3. ________可危　4. ________含情

5. ________無聞　6. ________有條

7. 戰戰________　8. 鬼鬼________

四．在下面詞語用法正確的句子前打√。

1. □ A. 我們剛從冰島旅行回來不久，就聽到了當地火山暴發的消息。
   □ B. 我們剛從冰島旅行回來不久，就聽到了當地火山爆發的消息。

2. □ A. 出街遇到了好久不見的老同學，可她趕着要去考試，打個招呼後就見她邁着急促的腳步匆匆走了。
   □ B. 出街遇到了好久不見的老同學，可她趕着要去考試，打個招呼後就見她邁着急速的腳步匆匆走了。

3. □ A. 中文課上，嘉文正埋頭解數學習題，以至連老師走到座位邊都沒發現。
   □ B. 中文課上，嘉文正埋頭解數學習題，以致連老師走到座位邊都沒發現。

4. □ A. 參加圍棋比賽前，校長來給隊員們加油：「你們是參加比賽的隊伍中實力最強的一支，希望你們不孚眾望，拿個冠軍回來！」
   □ B. 參加圍棋比賽前，校長來給隊員們加油：「你們是參加比賽的隊伍中實力最強的一支，希望你們不負眾望，拿個冠軍回來！

五. 在下面句子的橫線上填上正確的字。

吸　汲

1. 連綿不斷的春雨，不僅點綴了大地，而且讓地下的種子____取了充足的水分，開始急速萌發。
2. 自己做錯了事情就要學會____取教訓，怎麼能去埋怨別人呢？

穫　獲

1. 好的學習成績是同學們一直夢寐以求的，但這需要付出努力才能____取。
2. 每天背幾個英文單字，時間長了，聚沙成塔，必能收____良多。

複　覆

1. 嘉文是我們班上的「數學王子」，不管多____雜的題目，到他手裏，很少有做不出來的時候。
2. 厚厚的積雪____蓋着大地，我們的眼前呈現出一片銀裝素裹的世界。

至　致

1. 期末考之後，班裏會組織一次野營活動，但在選擇野營地點時，同學們分成了兩派，最後好不容易才達成了一____意見。
2. 辯論賽前夕，曉鳴字斟句酌地整理着辯論材料，他知道這樣比賽時就可以對答如流，不____於理屈詞窮。

尤　由

1. 喜劇的特點就是讓人不____自主地發笑。
2. 黃山的風景美極了，____其是那千變萬化的雲海，號稱是「黃山四絕」之一。

六. 圈出下面句子中的錯別字，並在括號內改正。

1. 這家公司對待員工公正而不偏坦，注重培養人才，讓優秀的員工脫穎而出。 (　　) (　　)

2. 老師在學期結束時將平時我們寫的作文裝釘起來，編緝成了一本小冊子，每人發一本留念。 (　　) (　　)

3. 陳先生很大方，偶而我們要他請吃下午茶，他總會樂呵呵地說：「好，就讓你們敲榨一次！」 (　　) (　　)

4. 這個倍受爭議的市政規劃，在爭議了一段時間後， 終於消聲匿跡了。 (　　) (　　)

5. 望着躺在病床上昏迷多日、神智不清的兒子，做媽媽的不由暗然神傷。 (　　) (　　)

6. 媽媽只要休息在家，就會將家裏收拾的整整有條，爸爸笑稱媽媽對保持家庭環境整潔功不可抹。 (　　) (　　)

7. 提起那位年少成名的作家，人們總會婉惜地說 他生不逢時，以致到了晚年籍籍無聞，鮮有佳作發表。 (　　) (　　)

8. 這次征文比賽投來的稿件質量良秀不齊，評委會幾經開會討論，本着寧缺無濫的原則，做出了一等獎空缺的決定。 (　　) (　　)

9. 一收到在業內手屈一指的藝術家來學校義演的消息，申請領票的辦公室立刻被圍了個水泄不通， 人人都想來一睹藝術家的風采。 (　　) (　　)

10. 「你本來就不是一個擅於辭令的人，幹嘛樣樣事情都拾人牙惠呢？」老師善意地對克希說。 (　　) (　　)

綜合練習二

一. 根據下面的提示，將成語補充完整。

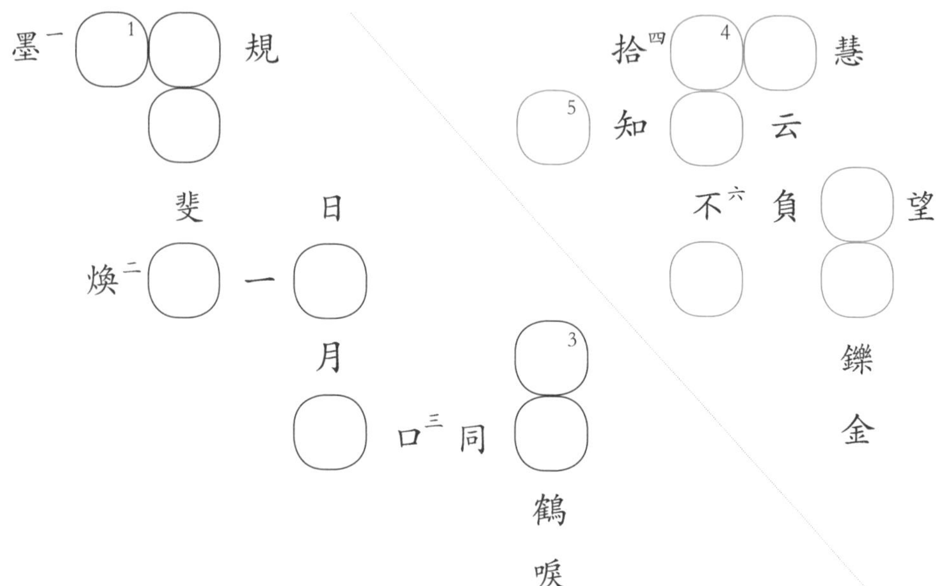

橫行：

一. 形容思想保守。

二. 鮮明光亮，氣象一新。

三. 不同的人說同樣的話，形容意見一致。

四. 拾取別人已說過的話當做自己的話。

五. 不知道在說什麼。形容說話內容混亂，無法理解。

六. 不辜負眾人的期望。

豎行：

1. 形容成績卓著。

2. 每日都在更新，每月都有變化。

3. 形容驚慌疑懼。

4. 人們所不願提起，被人們所鄙視。

5. 人多嘴雜，能混淆是非。

二. 在下面方格內填上適當的反義詞，完成詞語。

1. 寧□毋□　2. 以□待□　3. □□交集

4. □□頓挫　5. □□不齊　6. 以□概□

7. 禮尚□□　8. □□合璧　9. □翻□覆

三. 在下面詞語用法錯誤的句子前打√。

1. □ A. 沒想到這件事情那麼辣手，負責的同事都換了兩任了，但還沒解決。
   □ B. 沒想到這件事情那麼棘手，負責的同事都換了兩任了，但還沒解決。

2. □ A. 這道題你做錯了，應為長乘寬，而不能光算長度。
   □ B. 這道題你做錯了，認為長乘寬，而不能光算長度。

3. □ A. 這一損失到底是怎麼造成的？希望大家都檢討一下，避免再犯類似錯誤。
   □ B. 這一損失到底是怎麼做成的？希望大家都檢討一下，避免再犯類似錯誤。

4. □ A. 這裏宜人的景致讓人流連忘返。
   □ B. 這裏宜人的景致讓人留戀忘返。

四. 下面的拼圖亂了，並且少了一個字。把正確的詞語填在橫線上。

1. 落不 □ 窠 ________________

2. 臂車 □ 螳 ________________

3. 色斕 □ 彩 ________________

4. 度 □ 無揮 ________________

5. 故虛 □ 弄 ________________

6. 趙完 □ 歸 ________________

五. 選出正確的字，填在橫線上。

栗 成 程 意 聚 粟 誠 敘 義 述

1. 曹操想憑藉戰船和兵多將廣的優勢，一舉滅掉東吳，結果赤壁大戰，他成了「火中取____」的笑柄。

2. 下個月是學校百年校慶，學校特地派出工作人員專____趕往各地，____心實意地邀請一些老校友回來參加。

3. 中文老師一直要求我們在作文考試時，一定要看清題目的含____後再動筆。

4. 昨天我們一班老同學聚會，大家聚在一起聽班長敘＿＿當年的往事。

六.圈出下面段落中的錯别字，並在括號內改正。

1. 在北美洲大陸的中部，有一片乾旱的荒漠，多少年來一直是抵御文明進入的屏帳。這片從內華達山脈沿伸到內布拉斯加，北起黃石河，南到科羅拉多的沙漠，是個慌涼的死寂之地。但大自然有時也在這片深嚴可畏的地貌上變換一下模樣。

(　　) (　　) (　　) (　　) (　　)

2. 這兒有白雪複蓋的峻嶺，也有陰沉黑暗的深谷；有水流揣急的河流在地勢起伏的大峽谷裏奔凸，也有廣袤的荒原一望無際，冬天是白芒芒的雪原，夏天卻是灰矇矇的鹽城地，這些景色共同的特點，是荒蕪、冷寂和淒涼。

(　　) (　　) (　　) (　　) (　　)

3. 荒野上的狼在低矮的罐木叢中出沒，禿鷹緩緩在空中飛翔，笨拙的灰熊蹣珊地越過陰暗的溝壑，在岩石間尋覓可以裏腹的食物。荒漠，就是它們的家。

(　　) (　　) (　　)

音近易混詞
形近易混詞
意近易混詞
綜合練習
答案
筆畫索引

答案

P8

1. 廢　2. 脾　3. 寄　4. 興　5. 綵　6. 司

P11

一．簡陋、醜陋、陋室、陋巷陋習、陋俗

二．1. ㊀庭；廷　庭；廷　情；程
　　2. 張；章　速；促　情；程

P14

一．（組詞僅供參考）
1. 忄，曼，慢，緩慢
2. 艹，曼，蔓，蔓延
3. 氵，曼，漫，漫步
4. 言，曼，謾，謾罵

二．1. 角色，聯想　2. 挫折，挫敗　3. 建議　4. 敲詐

P17

一．A. 複　B. 覆　C. 複　D. 覆　E. 複　F. 覆　G. 覆

二．1. 晢　2. 晶　3. 諕　4. 提

P20

一．1. 爾　2. 卑　3. 嗽　4. 境　5. 原

二．1. 至　2. 爾　3. 景　4. 原　5. 卑

P23

一．1.B　2.C　3.A　4.B　5.C

二．1. 聚，敘　2. 森　3. 期　4. 尤，揠

P26

一．

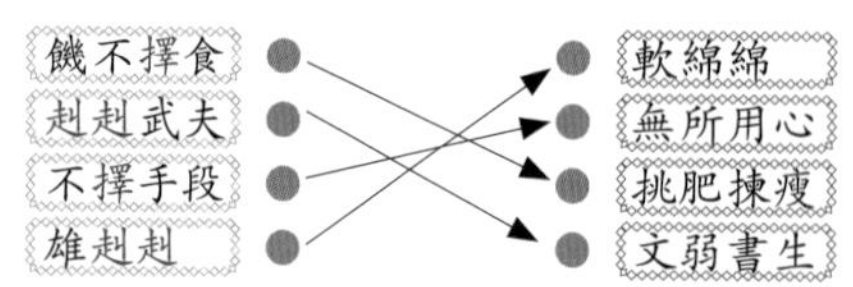

二．1. 備，氣　2. 貿貿，擇　3. 謬，糾　4. 器，備

P29

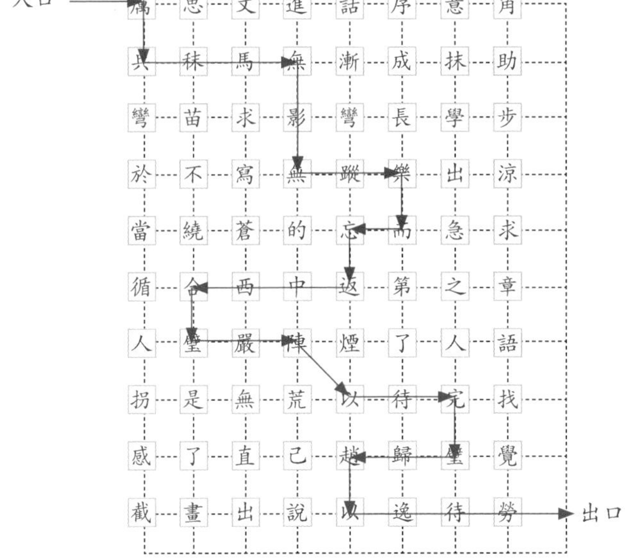

P32

1. ㊟隨徐 2. ㊤尚 3. ㊟雜集 4. ㊟淘桃 5. ㊟靄藹 6. ㊟赴附 7. ㊟集雜

8. 清風徐來，世外桃源 9. 魚龍混雜 10. 禮尚往來，和藹可親 11. 百感交集

P35

1. 岌岌可危
2. 抑揚頓挫
3. 揮霍無度
4. 脈脈含情
5. 滿紙塗鴉

P38

一．（組詞僅供參考）
1. 佳，佳音； 桂，米珠薪桂； 鞋，鞋子； 蛙，青蛙
2. 墨，墨守成規； 默，沉默； 點，星光點點； 黛，不施粉黛

二．1．伸張正義 2. 墨守成規 3. 實事求是 4. 寧缺毋濫

P41

一．A. 咧着嘴笑 B. 怦然心動 C. 光彩炫目 D. 神志不清 E. 拾人牙慧

二．

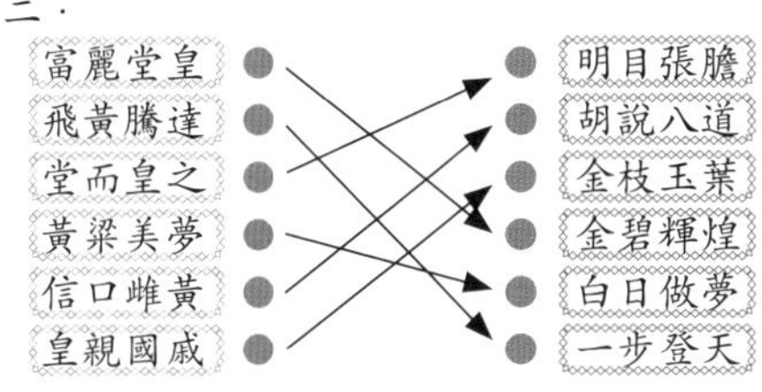

P44

一·

1. 珠光寶氣　2. 首屈一指　3. 黯然神傷　4. 綿薄之力
5. 故弄玄虛　6. 暗自歡喜　7. 昂首闊步　8. 綿裏藏針

二·1. 首屈一指，黯然神傷　2. 故弄玄虛，綿裏藏針　3. 珠光寶氣，昂首闊步　4. 綿薄之力

P47

1. 洩，瀉，瀉，洩，瀉
2. 抹，沒，沒，抹，沒，沒，抹，沒，沒，沒
3. 齒，恥，齒，恥，齒，恥，齒，恥，齒，齒，恥
4. 善，善，善，善，擅，善，擅，善，擅，善

P50

一·（組詞僅供參考）

1. 言，韋，諱，諱言
2. 艹，韋，葦，蘆葦
3. 囗，韋，圍，包圍
4. 糸，韋，緯，緯度
5. 是，韋，韙，不韙

二·1. 學海無涯，破釜沉舟　2. 緣木求魚，暫付闕如　3. 寂寂無聞

P53

一（組詞僅供參考）

1. 弛 鬆弛；　馳 奔馳；　地 土地；　池 池塘
2. 歉 道歉；　廉 廉價；　賺 賺錢；　嫌 嫌棄

二·1. 歉，穫　2. 獲，戳　3. 嫌，歉　4. 馳，弛

P56

一·A. 撤職　B. 佈置　C. 辨認　D. 撒手　E. 辯論

二·1.(佈)：怖　2.(渴)：喝　3.(辨)：辨　4.(損)：捐

P59

1. 淚如泉湧，博取　2. 贗品，緝捕　3. 分辨，辯論

4. 恐怖 殺戮　5. 糟蹋，妨礙　6. 義憤填膺，撤職

P62

一·

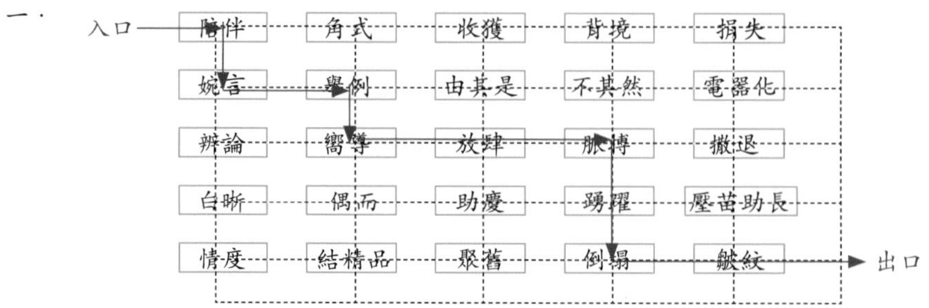

二·1. C　2. D　3. B

P65

一 · （組詞僅供參考）

1. 暄，寒暄；晰，清晰　2. 佻 輕佻；佣，火佣

二 · 1.（晰）（晰）淅淅，（暄）喧，（燦）璨　2.（佻）挑，（拼）佣，（倍）陪

P67

1. 惶　2. 煌　3. 濟濟　4. 擠　5. 袒　6. 坦　7. 憋　8. 彆

P71

一 · 1. B　2.C　3.A　4.C

二 · 1. 植，殖，穫　2. 敝　3. 姍姍，攏　4. 籠，蔑

P74

一 · 1. 概　2. 以　3. 襯　4. 塞

二 ·

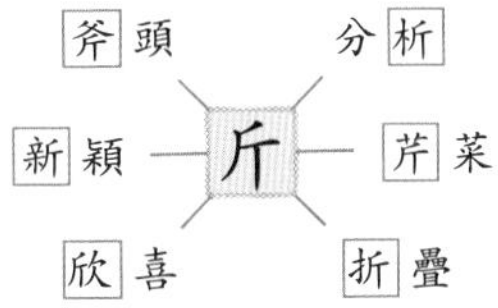

P77

A. 修，生　B. 業，業　C. 區，查　D. 夆，戲　E. 興　F. 膚　G. 浮，京　H. 心，者

1. 浮光掠影　2. 風塵僕僕　3. 見識膚淺　4. 興高采烈　5. 歐亞大陸

P80

1. 滑，猾，猾，滑，滑　2. 斐，蜚，斐，蜚　3. 巢，窠，窠，巢，巢

4. 到，倒，倒，到，倒，到，倒，到，倒，到，倒，到，倒，到，倒，到，到，倒，到，倒

P83

一 · 1. 鬼，祟，祟　2. 井，井，條　3. 針，砭，時
　　4. 關，痛，癢　5. 潮，迭，起　6. 蛛，馬，跡

二 · 1. 叨　2. 崇　3. 痛　4. 貶

P86

一 · 1.A. 氵　B. 忄　C. 氵　D. 忄忄　2.A. 火　B. 扌　C. 口　D. 火
　　3.A. 立　B. 扌　C. 立　D. 扌　4.A. 石　B. 足　C. 石　D. 口

二 · 1. 揭 2. 煥 3. 磋 4. 漫 5. 慢，竭

P89

1. 初出茅廬，大肆宣傳　2. 雞肋　3. 朦朧，朦朧　4. 戰戰兢兢，張皇失措
5. 訂書機 釘　6. 臘，臘

P92

一．

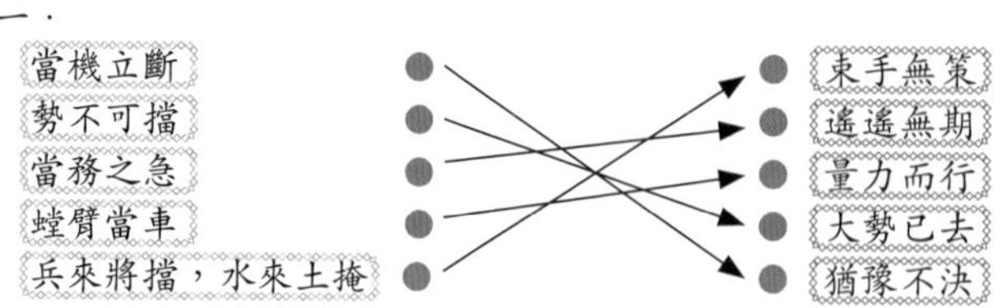

二．1.(秀)；莠　(儒)；濡　(校)；效　2.(挺)；鋌　(致)；執　(鏕)；鏢

P95

廬	登	峰	造	極 3	張	色	可
宣	朦	皇	大	初	奴	彩	形
天	戰	臘	出	竭	顏	斑	跡
不	蓋	雙	無	世	婢	斕 5	疑
作	以 1	書	慢	漫	膝	失	機
美 7	偏	肋	不	卑	不	亢 4	亞
兢	概	燦	爛	輝	煌 5	僕	采
肆	全	竭	磋	行	蹤	無	定 2

1. 以偏概全　2. 行蹤無定　3. 登峰造極　4. 不卑不亢　5. 燦爛輝煌　6. 色彩斑斕　7. 天不作美

P98

一．1. 猙　2. 靡　3. 轆轆　4. 爍　5. 畫　6. 揣　7. 晝　8. 掙

二．（組詞僅供參考）
1. 青，爭，靜，安靜　2. 目，爭，睜，睜眼　3. 氵，爭，淨，乾淨
4. 扌，爭，掙，掙扎　5. 犭，爭，猙，猙獰

P101

一．1 蜂擁而至　2. 波濤洶湧　3. 粗茶淡飯　4. 滄海一粟　5. 自相殘殺　6. 火中取栗

二．1. 波濤洶湧　2. 火中取栗　3. 粗茶淡飯　4. 滄海一粟　5. 蜂擁而至

P104

1. 煽　2. 扇　3. 斷　4. 段　5. 涵　6. 含　7. 淹　8. 湮

P107

1. 優柔寡斷，扭扭捏捏　2. 行情，行程　3. 爆發，惡耗　4. 優遊自在，留戀不已
5. 意氣風發　6. 棘手，包涵

P110

一．1. 降　2. 存

二．1.(叱)斥，(至)致　2.(決)缺，(起)啟　3.(存)藏，(貯)儲　4.(斥)叱，(伏)服

P113

1. 成　2. 風　3. 促　4. 義　5. 輕　6. 程　7. 速　8. 誠

P116

一．

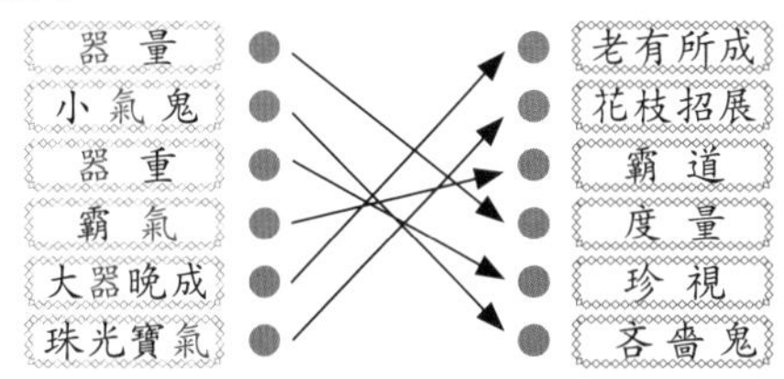

二．1. 嘉，突　2. 緣，佳　3. 吸　4. 氣　5. 殉

P119

1. 吃過飽　2. 不負眾望　3. 不乎眾望　4. 吝嗇　5. 急速

綜合練習一

一．

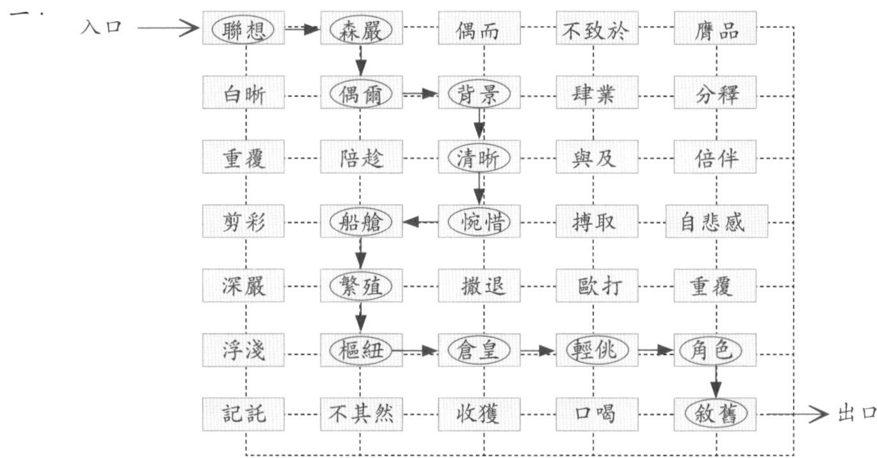

二．1.C　2.A　3.D　4.B　5.B　6.D　7.D　8.B

三．1. 僕僕　2. 轆轆　3. 岌岌　4. 脈脈　5. 寂寂　6. 井井　7. 兢兢　8. 祟祟

四．1. B　2. A　3.A　4.B

五．1. 汲　2. 吸　3. 獲　4. 穫　5. 複　6. 覆　7. 致　8. 至　9. 由　10. 尤

六．1. 坦袒 頹穎　2. 釘訂 緝輯　3. 而爾 榨詐　4. 倍備 消銷

5. 智志 暗黯　6. 整整井井 抹沒　7. 婉惋 籍籍寂寂　8. 秀莠 無毋

9. 手首 泄洩　10. 擅善 惠慧

綜合練習二

一、

二、1. 缺，濫　2. 逸，勞　3. 悲，喜　4. 抑，揚　5. 良，莠　6. 偏，全　7. 往，來　8. 中，西　9. 天，地

三、1. A　2.B　3.B　4.B

四、1. 不落窠臼　2. 螳臂當車　3. 色彩斑斕　4. 揮霍無度　5. 故弄玄虛　6. 完璧歸趙

五、1. 栗　2. 程，誠　3. 義 4. 述

六、1. ㊀御 禦　帳 障　沿 延　慌 荒　深 森

2. 複 覆　揣 湍　凸 突　芒芒 茫茫　朦朦 蒙蒙

3. 罐 灌　珊 跚　裹 果

筆畫索引

學好中文

不用易混詞

主編
蘇雅
編著
禾筠
編輯
王盈盈
插圖
馬鵬華
版式設計、排版
曾熙哲、楊春麗
封面設計
陳玉菁
出版者
萬里機構・萬里書店
香港鰂魚涌英皇道1065號東達中心1305室
電話：2564 7511
傳真：2565 5539
電郵：info@wanlibk.com
網址：http://www.wanlibk.com
http://www.facebook.com/wanlibk

發行者
香港聯合書刊物流有限公司
香港新界大埔汀麗路 36 號
中華商務印刷大廈 3 字樓
電話：2150 2100
傳真：2407 3062
電郵：info@suplogistics.com.hk

承印者
中華商務彩色印刷有限公司
香港新界大埔汀麗路 36 號

出版日期
二零一七年七月第一次印刷

Published in Hong Kong
ISBN 978-962-14-6503-0